TORRENTE

CB126981

VANESSA MALAGÓ

Copyright © Editora Patuá, 2023.
Torrente © Vanessa Malagó, 2023.

EDITOR
Eduardo Lacerda

CAPA E PROJETO GRÁFICO
Fernando Campos

ARTE DE CAPA
Wolney Fernandes

ASSISTENTES EDITORIAIS
Amanda Vital
Diego Alves
Maria Beatriz de Paula Machado
Mylena Morais
Ricardo Escudeiro

REVISÃO
Amanda Vital

ADMINISTRATIVO E COMERCIAL
Pricila Gunutzmann

EXPEDIÇÃO
Sheila Gomes

Catalogação na publicação
Elaborada por Bibliotecária Janaina Ramos – CRB-8/9166

M236t

Malagó, Vanessa.

Torrente / Vanessa Malagó. – São Paulo: Patuá, 2023.
224 p.; 16 X 23 cm
ISBN 978-65-5864-494-1

1. Romance. 2. Literatura brasileira. I. Malagó, Vanessa.
II. Título.

CDD 869.93

Índice para catálogo sistemático
I. Romance : Literatura brasileira

Todos os direitos desta edição reservados à:
Editora Patuá - Livraria Patuscada
Rua Luís Murat, 40
Vila Madalena - São Paulo - SP
(11) 96548-0190
editorapatua@gmail.com
www.editorapatua.com.br

TORRENTE

VANESSA MALAGÓ

PROAC EDITAIS
PROGRAMA DE AÇÃO CULTURAL SÃO PAULO

PATUÁ EDITORA

SÃO PAULO
GOVERNO DO ESTADO
Secretaria de Cultura e Economia Criativa

SUMÁRIO

"Porque eu fazia do amor um cálculo matemático errado: pensava que, somando as compreensões, eu amava. Não sabia que, somando as incompreensões, é que se ama verdadeiramente."

Clarice Lispector

AGRADECIMENTOS

Escrever é um processo solitário, de um silêncio aparente, mas de onde ressoam muitas vozes: resquícios de um sonho, recorte de pensamentos, restos de um encontro, falas apanhadas de uma conversa na rua, um verso que se tem na memória, a poesia que chega das coisas corriqueiras, o reverberar do mundo, as palavras transbordando de dentro.

Gosto dessa solidão criativa e também de estar entre pessoas. Penso que um livro, apesar de feito em grande parte desse tempo em que se está só, se constrói também no convívio, na aproximação e na escuta. Minha gratidão aos que estiveram por perto, inspirando, motivando ou só fazendo os dias serem melhores por essa experiência da partilha. Meu agradecimento também aos que ajudaram a dar corpo ao projeto desse livro.

Aos meus pais, por semearem em mim o amor pelos livros,

Ao Ivan, pela vida juntos, em meio à torrente e tantos rios,

À Nina e ao Luca, pelo amor permeando os meus dias,

Aos companheiros de jornada literária e aos amigos, que acompanharam de perto minhas angústias e alegrias, oferecendo apoio e incentivo,

Ao Marcílio Zanoni Jr., pelas primeiras leituras e conversas quando esse livro era ainda só uma sementinha,

À Juliana Pfeifer, pelas trocas inspiradoras e o encorajamento,

Ao Marco Severo, pelas dicas e conversas valiosas sobre escrita e pelo incentivo para eu seguir escrevendo,

À Vanessa Ferrari e a à Tamy Ghannam, pela leitura crítica atenciosa e pelo aprendizado, abrindo caminhos e possibilidades para eu aprimorar minha escrita. Também à Tamy, meu agradecimento pelo belíssimo texto da orelha,

Ao Wolney Fernandes, por sua leitura sensível e por criar através das minhas palavras a imagem linda da capa desse livro,

À Amanda Vital pela sensibilidade na revisão desse texto e pela partilha nesse processo de trazer um livro ao mundo,

Ao Eduardo Lacerda, meu editor, por acreditar nesse projeto e sempre me lembrar "vai dar tudo certo".

PRIMEIRA PARTE:
SEMENTES

***

No início eram as longas conversas, as incompreensões se revelando num diálogo aberto, mas eventualmente truncado. Por vezes se perdiam, para então se encontrar. Num abraço, num olhar, num pedido de desculpas simplesmente. Depois viriam os enfrentamentos. A raiva a lhes incendiar a fala, os gestos incontidos. Ferida que tarda a cicatrizar.

As palavras são muito fortes, refletia. Mesmo depois de ditas, seguiam a ferir. E as não proferidas ficariam a arder, remoendo-lhe o sono.

Paula demorou a dar-se conta dos seus olhos míopes. Vistos de longe, quase todos os casais tinham uma beleza impressionista. Ela achava que, tendo encontrado seu amor, eles seriam felizes para sempre. Pensava que diante do amor as coisas se tornavam inabaláveis, carregava a certeza de que o amor, por si só, desobstruía os caminhos. Só não percebia ainda que ele precisava ser cuidado, nutrido. A cada dia.

Pegou-se observando o sofá desgastado, pensando que já era tempo de reformá-lo. Os objetos que os acompanhavam iam sendo aos poucos impelidos a uma deterioração natural. Estariam eles também sujeitos a uma degradação inevitável?

Não gostava dos dias nublados. Queria caminhar, mas poderia chover a qualquer momento. Da janela, podia ver as árvores em sua agitação, prenúncio de temporal. Tomava café, olhando para Felipe, esparramado no sofá, absorto num livro. O seu menino de olhos sinceros, a barba por fazer, os cabelos cacheados a revelar os primeiros fios brancos.

Doía-lhe a defrontação diária, as contendas inúteis, porque não chegavam a lugar algum, chegavam? Mas lhe incomodava ficar ali parada. O sentimento inquieto, incentivado pelos clarões, riscaria faísca.

Sou só eu ou você também sente que nos falta o entusiasmo do início? Ele parou a leitura, como a se certificar de que ouvira corretamente, às vezes duvidava das coisas que ela era capaz de dizer. Deixou o livro de lado, sentou-se no sofá a olhá-la tão sério como poderia. Paula percebendo que talvez as palavras tivessem sido muito duras, que novamente se avizinhavam como não deviam, armas de sobreaviso, chispas levantadas dos pensamentos em atrito.

Sim, eu também sinto, ele disse. Respirou fundo, dando a entender que prosseguiria. Mas não estamos mais no início, não é? Os seus olhos sérios se desfazendo naquela ternura que ela de repente achara que não podia mais ver nele. O menino, afinal, havia se feito homem. Um homem que a amava. E ela ali, sem saber que amor era esse que doía tanto.

***

Os anos pareciam pesar mais nele do que nela. Não que o tempo não lhe impusesse suas marcas, talvez tivesse sido até mais impiedoso com Laura, ainda que ele continuasse a achando tão linda.

Marco, não veja as coisas assim tão de perto, ela costumava dizer, no seu jeito de pedir que trouxesse mais leveza às dissonâncias. Ele sempre tão meticuloso. Entre contingências e tribulações, os dias, aos olhos dela, seriam sempre mais coloridos. Admirava sua inquietude, que, ao contrário dele, nunca a paralisava. Pesavam-lhe tantos entraves, não bastava agora sua impetuosidade. A vida parecia exigir uma certa dose de aceitação e ele ainda se rebelava. Achava que Laura lidava melhor com o próprio envelhecimento. Nos descaminhos, ela encontrava seus pequenos prazeres, que, às vezes, eram como ciscos nos olhos dele. Incomodava, sem que entendesse. Então, desferia palavras que, sabia, a tocavam. Bem escolhidas elas, cortantes. Retalhando o prazer de Laura, era mais fácil aceitar em si aquilo que não entendia.

Laura pensava que a alegria de Marco tantas vezes se transformava na dela, porque quase sempre se contagiava quando ele se punha a falar de forma eloquente, despejando seu contentamento. Então, não entendia o diálogo pontiagudo. Apiedava-se com o sofrimento dele, mas também ela ferida. Emudecia. Não escondia o ressentimento, evitando-o em determinados momentos, num repúdio declarado. Mas isso parecia lhe pesar mais que os enfrentamentos. Em meio às incompreensões, esperava. Esperar era tão difícil, pensava, porque se conter na observação atenta do que os movia era de uma passividade apenas aparente.

Marco demoraria a dar-se conta e nem sempre levaria a ela as justificativas apropriadas. Precisava estar só, porque junto, na tentativa de consertar, expunha-se ao desacerto. Laura esperava, enquanto ele, com suas pernas nervosas, parecia caminhar sem ir a nenhuma parte. Assentaria os sentimentos mais intensos. No silêncio, se aproximaria sorrateiro, reconhecendo a própria fragilidade, a pessoa difícil que se fazia de estar.

***

Sentada num café, um livro sobre as mãos, Sofia foi surpreendida por uma voz vinda da mesa ao lado. Você é a moça do poema ensolarado... Ela virou-se para ver. É Sofia o seu nome, não é? Ela confirmou, rindo consigo daquela definição inesperada para o poeminha passional que lera no último encontro. Eu sou Laura, acho que não se lembra do meu nome. Mas ela se lembrava, porque Laura havia chamado sua atenção desde o início, a fala que escapava com o brilho dos olhos, de um verde quase translúcido.

Aquele seu poema... Ela parecia procurar as palavras sem saber como avançar. Desanuviou um céu carregado, acendeu algo em mim, sabe. Sofia se acanhava diante de elogios e sempre duvidava um pouco das declarações mais calorosas, mas Laura parecia sincera. E aquele poema era, sim, luminoso, flâmula ardente que escapava dela. Pensou em agradecer, mas ela, que era tão cheia de palavras, só encontrou um sorriso. Quer se sentar aqui comigo? Para Laura bastou. Estava esperando o marido, mas ele ainda demoraria um pouco. Mudou-se de mesa e pediu também um café. Quis saber o que ela estava lendo. Estava escrevendo uma dedicatória, vou dar esse livro de presente pra minha filha. Amanhã ela faz 17. Você tem uma filha de 17? Laura estava surpresa. Sofia tinha rosto de menina, olhos grandes como um personagem de mangá.

Todos dizem que pareço mais nova do que sou. Acho que também me sinto assim, o que é bom. Às vezes perguntam se eu e a Carla somos irmãs e nós nos divertimos com a ideia. Ela nasceu quando eu era bem jovem, mas ano que vem faço 40. Não sou mais uma menina, não é? Talvez para Laura ela parecesse. Quantos anos teria? Era já uma mulher madura. 50, talvez? Era esguia, seu andar ágil, vigoroso, a voz determinada. O vestígio dos anos bem disfarçados na sua luminescência. Os cabelos louros ondulados, pouco abaixo das orelhas, os movimentos tão cadenciados. Ela era bem bonita.

Descobriu que Laura ensinava filosofia e ficou encantada com a revelação. Lera quase nada dos grandes filósofos, mas se julgava assim meio filósofa, porque estava a todo instante a refletir e a se questionar sobre a vida… Então filosofava, não é? Laura riu, concordando.

Sofia fazia muitas perguntas, queria saber mais, o tempo esticado onde a fala encontra a brecha. As ideias lhe escapavam fácil, como se pensasse em voz alta, mas vinham entremeadas de silêncios. Também queria ouvir. Só que Laura agora comedida. Já não teria revelado tanto de si numa primeira sentença?

Sofia puxou os cabelos que escorregavam pelos ombros, fazendo um coque e deixando aparecer na nuca uma tatuagem. Laura pediu que ela se virasse para ver melhor. Uma flor de lótus branca sobreposta à pele. Tão delicada, disse, enquanto Sofia se voltava para ela, se endireitando na cadeira. Os olhos de Laura ainda percorrendo as linhas do seu pescoço. Sofia notara, suas faces rubras nunca podiam disfarçar como faria com as palavras. Às vezes acho que devia ter tatuado um lugar que pudesse ver mais vezes, disse repentina. Pra me lembrar do significado, fazer isso mais presente em mim quando me esqueço. E do que é que você se esquece?, Laura perguntou em tom de graça, porque gostava do jeito com que ela se expressava. O lótus começa a crescer na lama, atravessa a água até atingir a superfície, pra então alcançar a luz do sol. Simboliza o florescer do nosso potencial. Bonito, não é? Sim. E profundo pra algo tão à flor da pele. Sofia riu com o trocadilho.

Contou que trabalhava na área comercial de uma grande empresa, nada muito atraente para quem sonhava em passar horas escrevendo, mas disse que havia aprendido a gostar do que fazia e que, tendo sol ou chuva, escrevia. Reflexões, esboços, poemas, exercícios de ver o mundo. Escrevo pra deixar falarem as tantas vozes em minha cabeça, mas também porque é assim que eu contemplo o silêncio. Uma quietude que chega independente do barulho de fora, das minhas próprias maquinações. Minha mente deixa de estar em tantos lugares, deixa de estar minutos atrás ou adiante, não sei se você me entende. Laura achava que entendia, ainda que o silêncio lhe viesse de outros modos.

Sofia achou que seria indelicado perguntar, mas se pôs a pensar que nuvens tinham pairado sobre Laura. Nuvens agora dissipadas, talvez. Ela não parecia triste, tinha, sim, um ar meio sério, mas mesmo esse parecia desaparecer ao mínimo de intimidade. As duas quietas, como uma pausa a sedimentar a experiência.

Sofia avistou um homem elegante vestindo terno e gravata entrar no café, os olhos atravessando o salão em direção a elas. Aquele deve ser seu marido, eu acho. Laura se virou para ver. É ele, sim. Acenou-lhe com a mão. Ele se aproximou e Laura levantou-se para beijá-lo.

Essa é Sofia. Coincidência nos encontrarmos aqui. Ela, como eu, também se aventura com as palavras. Sofia gostou de como fora apresentada. Esse é Marco, Sofia. Ele a cumprimentou, um tanto quanto cerimonioso, ainda que um tom bem-humorado transparecesse em sua voz. Sentou-se junto delas, pediu algo para beber. Sofia já estava de saída, mas acabou ficando uns instantes mais. Não pôde deixar de comentar que os achava parecidos, como costumava acontecer com casais que há muito tempo conviviam. Ele respondeu que estavam juntos mesmo há bastante tempo.

Teria agora que partir e se despediu. Ao final, não escrevera sua dedicatória. Pagou a conta, observando ainda os dois à distância. Saiu para a rua. Um vento fresco lhe trazia um arrepio pelo corpo, soprava-lhe os cabelos. A noite iluminada, os passos rápidos, seus pensamentos em repentina suspensão. Sim, ali estava ele. Como iria imaginar? Por entre os carros, as pessoas atravessando a rua, por entre o ruído incessante de uma cidade que nunca para. O silêncio. Mágico. Fugaz.

***

Os minutos passados ainda latejam, Luiz cuspindo tudo em atropelo, sem que Gabriela pudesse realmente entender. No fundo não queria entender. A mão dele se desprendendo da dela, sem voz, suas lágrimas desaguando, foz remexida. Que faria agora com todo aquele seu amor?

Luiz partiu, mas havia ainda os seus livros, as sandálias de couro esquecidas debaixo do sofá, partituras remanescentes sobre o tripé. Todo o resto. Ele dentro dela. O rastro que não se apaga assim tão facilmente. Tinha levado o *cello*, porque desse não se apartava. Também um álbum de fotos da viagem que fizera sozinho pela Europa e outro que devia ser o da viagem para o Peru com o Felipe. Ela não deixaria que levasse os outros. Como se fossem a evidência última e concreta daquilo que os atava. Os livros misturados na estante dá-se um jeito de separar. As fotos eram mais que o registro ou a memória impressa das coisas vividas, eram o olhar dela ainda misturado ao do Luiz. Era ela sorrindo no porta-retratos como se punha diante dos olhos dele. Era Luiz descoberto sobre o enquadramento que Gabriela fazia do mundo.

Tinha se detido ali, nas fotos sobre o aparador, numa tentativa precária de capturar dos sorrisos aquilo que lhes escapava. O peito amarrado, de nó que não afrouxa. Quis sair, como se precisasse andar, mesmo sem saber para onde, como se a visão do horizonte pudesse lhe restituir o rumo, como se as pessoas, o barulho da rua, os carros em movimento lhe tirassem o torpor.

Às vezes ele passava horas seguidas com o *cello*, repassando o trecho de uma música. O quarto tinha acústica, mas um pouco do som trespassava a porta, o suficiente para ela saber que ele estava ali. Agora o silêncio maior.

Nos primeiros anos juntos, a fome aguda de corpos que pulsam, o encantamento na descoberta. Depois, do vigor viria o cansaço. E se esqueceriam de que o tempo e a dedicação eram importantes. Luiz e os ensaios que não tinham hora para acabar, as festas de casamento, os concertos, compromissos de trabalho que quase sempre eram aos finais de semana. Ela tampouco já se incomodaria com seus próprios expedientes estendidos. Foi do cansaço que nasceu o desinteresse ou o desinteresse que produziu o cansaço? Fácil se deixar levar pelo que está fora quando não se sabe o que fazer com as fissuras que cedo ou tarde aparecem. Quando foi que eles tinham consentido com o silêncio, onde antes a música escapava pelas frestas?

No dia seguinte, quando ele ligou, Gabriela não esperava. O telefone retesado nas mãos, na espera de recuperar a fala destituída. Tomou fôlego, mas não havia muito mais a dizer. Ela sabia que tudo estivera muito quieto, muito mais do que deveria estar. Que as brigas haviam cessado, ela não se lembrava quando, porque eles haviam deixado de tentar. De se ferirem paulatinamente, passaram a pactuar um silêncio forçado, lavrando o fogo sob cinzas, seguindo seus dias com afazeres e projetos maiores. Quando foi que desistimos, Luiz?

Perceber tudo aquilo de repente doeu tanto quanto vê-lo partir. Luiz estava calado, porque então eram as palavras dela que lhe revolviam. Porque era muito mais grandioso acreditar que era movido pelo calor de uma nova paixão do que pela desistência resignada.

E ele, num esforço aflito para confessar a si mesmo, percebeu que lá longe, numa curva do caminho, havia deixado seu amor para trás.

Ficara de passar no apartamento numa hora em que ela não estivesse, para buscar coisas suas que ainda estavam por ali. Gabriela deixara na mesa da sala um bilhete quase impessoal. Ao lado da porta, uma caixa com livros e outra com objetos avulsos que recolhera pela casa, amontando-os em desordem.

Luiz demorou-se mais do que imaginara, revirara a estante atrás de um livro que ela dissera não ter encontrado e que ele tampouco pudera achar. Não queria tardar-se mais, mas cada coisa carregando uma história lhe enredava em pensamentos.

Já em vias de sair, Gabriela chegou. Sentiu um leve estremecimento, porque não pensava em vê-la ali. Pensei que você viria mais cedo, ela disse. Acabei me atrasando. Ele não admitiria que se perdera entre as lembranças.

Gabriela tinha uma rispidez que ele não reconhecia, uma racionalidade de contornos incertos. Não via que ela estava no meio-fio, à espera de uma fala tardia? Mas bastaria para sobrepor o silêncio instituído? Ela sabia que ali se despediam.

Havia raiva por haver também amor. Por entre as paredes que ergueram, algo tremulante. Esperança? Na aparente indiferença, escoriações. A raiva era, sim, indício genuíno do amor. Era por gostar tanto de Luiz que suas palavras desciam indigestas. Era por gostar tanto dele que engolia o pranto, os dentes triturando o resquício dos afetos.

***

Os cabelos dourados de Laura ao sol. O ar fresco da manhã e o céu de um azul sem nuvens. Enquanto caminha, se perde contemplativa em detalhes da paisagem. O caminho de terra e pedriscos à sua frente, as árvores do parque despertando em folhagens tenras, os primeiros botões de flores rebentando em cor. Cruza com um conhecido e lhe acena, os lábios finos se alargando para caber um sorriso, as pequenas rugas próximas aos olhos que despontam. Troca palavras breves, volta novamente ao seu caminho. Tem vontade de correr. E por que não? Sabe que não aguentará por muito tempo, mas é tomada pelo prazer de seguir o desejo bruto e repentino. Sentir o calor no corpo, a alegria despretensiosa que escorre, a respiração intensa e seu compasso, ou talvez seu descompasso, seria mais apropriado dizer.

Volta a caminhar, o coração resfolegando. Acha música nas risadas das crianças, no vento, no canto de um pássaro. A observação atenta das coisas em movimento. Diminui o passo, entra no carro. O presente então atropelado. Lembra-se do telefonema importante que precisa fazer ao chegar em casa, a conta que não pode se esquecer de pagar, o aniversário da amiga, o diálogo que teve com o filho dias atrás. Os olhos marejam à toa, ela pensa, mas no fundo sabe que não é à toa. Recompõe-se diante de uma plateia imaginária. Liga o rádio. Vai cantando junto uma canção, o timbre afinado, a voz potente. Lembra-se de Sofia e sorri, aquela moça que ela não conhece, mas que parece conhecer tão bem.

Chega em casa. Faz o telefonema que precisa, pensando no banho que quer tomar. Toma banho, lembrando que se esqueceu de ligar para a amiga. Telefona para a amiga enquanto abre o computador. Paga a conta, organizando os papéis sobre a mesa.

Lê o jornal enquanto bebe uma xícara de café. Marco passa por ela, deixa um beijo, dizendo que está de saída para seu compromisso. Pensa em como ele está bonito, mas que deveria fazer a barba.

Laura era feliz. Mesmo na tristeza. Como explicar? Uma partícula apenas, fragmento, faísca dentro dela. Estava sempre ali. Sempre. Algo que se derramava sobre ela. A sua tristeza tão pequena naquilo que era tão vasto. Ela achava que tinha sorte. Como compreender a não felicidade dos que têm sorte? Ela era feliz por suas escolhas. E era grata. Na gratidão seu peito se alargava, acolhia, transbordava.

***

Paula tinha chegado do trabalho, contado algumas coisas do seu dia, trazido uma história engraçada que ouvira, sem que Felipe parecesse se entusiasmar. Entrava em casa e tinha a sensação de estar um pouco solitária ali, porque se não fosse ela a dar voz às coisas corriqueiras, Felipe deixava o silêncio se estender. Às vezes, como para por à prova aquela impressão, movia-se pela casa às surdas, quase imperceptível, esperando que fosse ele a dar o primeiro passo, a soltar a primeira frase de um diálogo, mesmo que precário. Você podia pelo menos perguntar algo do meu dia, depois reivindicava, quando a espera já se fazia de agulhas e ferrões.

Sentia falta do riso dele, dos pés que sonhavam com terras além, flertavam com alturas e profundezas. De um tombo, Felipe tinha caído. Ela entendia que ele estava tendo tempos difíceis agora e tentava apaziguar suas vontades, a expectativa de uma conversa embebida de asas, estrelas, labaredas. O abajur realçava o azulado das paredes e Paula tateava com cuidado as sombras, a melancolia dele derramada, que ela queria fazer sair logo pelas janelas.

Saber sobre Gabriela e Luiz pesara mais do que havia imaginado. Paula acreditava que o amor era alicerce incontestável, mas, então, o que lhes faltara? Sabia que os dois já não andavam bem há um bom tempo, mas... Também ela e Felipe não estavam bem, também eles se perdiam em caminhos tortuosos.

Tantos casais se desfazendo, apartados por suas incompatibilidades. Descobririam eles também, nas suas incongruências, terem perdido tempo na tentativa de mudar um ao outro? Pensava em como seguiria seus passos e se permitia imaginar grandes rupturas. O fato é que não traziam alívio algum, porque lá no fundo ela não queria uma vida diferente, mas descobrir um novo caminho com ele.

***

Não chegavam a ser nem dez ali, mais o professor. Futuros poetas ou só aspirantes, amantes das palavras, que insistiam, arriscavam, ousavam atirar seus poemas à turba. O tremor de expor papéis antes na gaveta era igual. Não era só dela. Na sala quase cheia, por entre o burburinho das conversas cruzadas, Sofia se aproximou de Laura. Uma bolsa ocupava uma das cadeiras ao lado dela, mas arriscou perguntar se estaria vaga. Sim, claro, pode se sentar aqui. Recebeu-a com um sorriso, não escondia a excitação. Sofia sabia que era a vez dela de ler um de seus poemas.

Laura toda desenvolta, as mãos se agitando no ar, os olhos brilhantes, a expansividade se sobrepondo a qualquer temor. Sua poesia era visual, se transformava em paisagem na cabeça de Sofia, emoções tomando formas, cores, movimento. Tão diferente dela, com suas impressões táteis e sinestésicas. Sofia ficava pensando se havia gostado do texto ou do que ele revelava. Um poema nunca lhe parecia raso, os mistérios se desvelando diante de uma escuta atenta.

Ao final da noite, já saindo da sala, pararam para uma conversa que se estendeu mais do que esperavam, porque se puseram a falar com gosto. Sofia voltou para casa abstraída em pensamentos. Quando, afinal, não estava pensando? Às vezes quando escrevia tinha a impressão de que conectava palavras desprovida de sua mente pensante. Como se estivesse simplesmente silenciosa, enquanto das profundezas emergiam tesouros e vislumbres.

O poema de Laura era a voz de uma mulher apaixonada. Sofia ficou imaginando que por um instante aquela voz podia ser a sua, que gostaria de se sentir assim, tomada por algo intenso.

Querer é tão vasto, não termina nunca. Podia demorar-se em suas listas. Os livros que ainda queria ler, os lugares que queria conhecer. E principalmente derramar sobre o papel os desejos mais entranhados e ardentes, como forma de lembrá-la do que era realmente importante. Naquele dia, a semente nas mãos, ela teve certeza. Encontrou terra fértil e cavou.

***

As amigas a convenceram a sair e, depois de tanta insistência, achou mesmo que precisava, dançar lhe faria bem. Gabriela não gostava que sentissem pena dela, porque apesar de tudo ainda se julgava forte. Mas podia se sentir triste, não podia? O som quase ensurdecedor a perturbou de início, depois se deixou levar, a vibração tomando seu corpo, a música tocando espaços não ocupados dentro dela. Um cutucar incômodo, mas necessário, a urgência de se pôr em movimento.

Juliana falava ao ouvido de Natália. Gabriela, até o momento um pouco alheia a tudo, percebeu então que flertavam com um rapaz pouco adiante. Depois de anos com Luiz, parecia ter se esquecido de como era estar num lugar como aquele. Fazia calor e, depois de um tempo, se sentaram as três para beber algo. Gabriela, você é sexy até mesmo sem querer, soltou Juliana numa risada. Natália olhava para ela à procura de algum indício de presença naqueles olhos desatentos. A gente aqui investindo todo o nosso charme e pra quem o bonitão ali não para de olhar? Vocês estão de brincadeira, eu mal olhei pra ele. Eu jurava que ele estava de olho em você, Ju. Não parece. Definitivamente não, concordou Natália.

Gabriela sorriu, sentir-se desejada a enchia de um vigor momentâneo e uma euforia discreta. Certamente a animavam com tudo aquilo e arriscou uma olhadela porque custava ainda a acreditar no que diziam. Ele era bonito mesmo, ela pensou. Parecia ser mais baixo que ela, verdade, mas isso não era difícil de acontecer. Seus olhares de repente se encontraram. Afinal, não mentiam as duas. E agora se riam dela, como a incitá-la naquela aventura. Bebe um pouco mais, Gabi. Você tá nervosa. Ela estava mesmo. De um jeito que não se lembrava de estar. Nela o tremor, também o desejo latente. Arriscou novamente. Por segundos seus olhares se reencontraram. O moço lhe dirigiu um sorriso. Gabriela inquieta, sem saber o próximo passo. Haveria perdido a prática do flerte? Ah, isso não se perde, garantiu Juliana.

Copos vazios, voltariam a dançar. Você vem? Natália se virou para Gabriela. Ela hesitante, levantando-se, mas sem saber aonde os passos a levariam. Passou ao lado dele, o rosto se movendo lento em sua direção. Juliana pensando que queria um pouco da desenvoltura da amiga, porque falara a sério sobre ela ser atraente sem precisar fazer esforço.

Voltaram à pista de dança. Gabriela mais solta, seria a bebida? Depois de duas ou três músicas, ele apareceu novamente, começou a dançar quase sem tirar os olhos dela. Gabriela, tomada de coragem, retribuiu o sorriso de antes. Ele se aproximou. No barulho mal podiam se falar.

Ela não se lembrava de muita coisa. Poderiam se demorar em narrativas e dissimulações, mas seu corpo pedia algo intenso. Ele tinha os cabelos compridos, como Luiz tivera um dia. Mas eles não eram nada parecidos, ela fazia questão de dizer a si mesma, enquanto se detinha nos olhos escuros dele, emoldurados pelas grossas sobrancelhas, até chegar nos lábios, volumosos e úmidos, descobriria em seguida. Um desejo estranho nela. Buscando em outro um abraço antigo.

Achara que se entregando, esqueceria. Não sabia que um beijo podia doer tanto. Em situações como aquela, dizem que vem um amargo na boca. O que ela sente é um gosto de nada. A comida se engole e desce custosa, a constrição iminente do corpo quando as coisas perdem o sentido. Nem mesmo o prazer para preenchê-la de uma doçura efêmera.

O dia não tardaria a amanhecer. Na casa, então vazia, o desespero contido num pranto já sem fôlego. Amar tem sido difícil agora.

***

O tempo de escrever, dividir, escutar. Sofia esperava pelo dia. As quintas chegavam com o anseio acumulado, com ideias semeadas que brotavam nos cadernos ou nos papéis em descuido sobre a mesa. Enredar-se nas palavras alheias, lidas em voz alta, naquelas que saltavam dos livros ou nas suas próprias, alimentava nela a chama.

Às quintas, esperava também por Laura. Quase sempre ela já estava lá quando Sofia chegava, sentada com um livro nas mãos. Às vezes era como se lhe pressentisse a chegada, desviando os olhos da leitura no instante exato em que Sofia se aproximava. Em outras ocasiões, compenetrada demais, demorava a vê-la. Sofia então se acercava devagar, observando-a à distância. O jeito com que os dedos dela brincavam com a ondulação dourada dos cabelos, as mãos finas, delicadas, que em outros momentos gesticulavam ágeis, enérgicas, acompanhando a fluidez da sua fala.

O que você está lendo?, Sofia perguntaria. E se demorariam falando sobre livros, algo que sempre aguçava a conversa, para depois discorrerem sobre as coisas da vida, coisas banais, notícias dos jornais, poemas que estavam escrevendo ou a poesia que viam além das palavras.

Sofia gostava do que escrevia um moço tímido que se sentava ao seu lado naqueles encontros semanais, mas ansiava por ouvir os textos de Laura, na expectativa, talvez, de lhe extrair algum segredo. Laura planava sobre os fatos no seu colorido próprio sem penetrar as profundezas, mas aos poucos ia se abrindo com Sofia, não era preciso que ela lhe escavasse nas palavras os sentimentos. Revelava-os em pequenas doses ao falar dos filhos, de Marco, ao defender com convicção suas ideias, expor sonhos ou ínfimos prazeres.

Seu corpo carregava um vigor tardio, tinha as passadas firmes, a fala articulada. Mas Sofia podia ver mais. Talvez porque gostasse de observar as coisas de perto ou tivesse uma sensibilidade apurada. Ou também porque a ela, Laura permitisse ver um pouco além, como se, diante daquela amizade que se construía, não importassem as vulnerabilidades. Abria-se no seu riso mais genuíno ou na revelação de anseios que lhe atravessavam o dia. Sofia gostava de poder ver doçura onde antes parecia haver apenas assertividade.

Terminado o curso, seguiam direto para o café ao lado. Tinham estabelecido um ritual. Ficavam por trinta, quarenta minutos, tempo para estender a conversa. Nunca suficiente.

Laura apreciava aqueles instantes juntas, Sofia os desejava. Ficava pensando o que a tocava tão fortemente em Laura. Tinha amizades de longos anos e, pela sua experiência, elas se construíam com o tempo. Até mesmo seus amores não haviam sido repentinos. Por isso, achava incomum a intensidade desse sentimento por Laura. Às vésperas de se verem, se enchia de exaltação, de uma alegria efervescente, que às vezes a inquietava.

***

Ultimamente tenho preferido ver um bom filme e depois ir para a cama dormir do que… Do que o quê? Do que transar. Não era disso que vocês estavam falando? Você está trabalhando demais, não está, Paulinha? Ou devem ser os hormônios. Dizem que afeta a libido.

As amigas podiam falar durante horas, imaginar possibilidades, dar a ela justificativas que demonstravam sua compreensão, sem que precisasse dizer nada. Mas era bom também que pudesse dar voz à sua própria narrativa e, ao articular o pensamento para se organizar em linguagem, arrumar também um pouco as coisas dentro de si. Ali, com as meninas – entre elas seriam sempre as meninas, mesmo que já passassem todas dos 30 –, se punha mais leve, trazendo reflexões à tona sem necessidade de apuro, rindo de si mesma ou até mesmo choramingando seus pesares, pois alguém se disporia a dar-lhe um pouco de colo.

De volta à casa, a mesma desordem. Ela e ele, fios emaranhados, versões diferentes de uma mesma história.

Na cozinha, enquanto termina de preparar o jantar e conversa com Felipe, equilibra malabares, estima a trajetória das palavras, lança ao alto aparente banalidade. E então? Alguma novidade? Você chegou a falar com o amigo do Luiz sobre aquela oportunidade de trabalho?

Para ele, da boca dela saem facas, tempestades. Não, não tinha falado, ele solta já esbravejando, como se aquilo se somasse a outras tantas coisas que ela tivesse dito. Mas não tinha. A voz de Paula se avolumando no turbilhão. Era na sua cabeça que as coisas gritavam. Pra onde você vai agora? O que vai fazer da sua vida, afinal?

Você me conta tão pouco, Fê. E quando te pergunto, encara sempre como cobrança. Pergunto porque me importo com você, não percebe?

Está bem, ela pensa diante da incompreensão muda de Felipe. Não pergunto mais nada. A taça na mão, trincada na água fervente. Não está nada bem, ela sabe. O silêncio raso só ali onde não se vê o vão.

Ele se arrepende do fervor impensado, mas não quer falar. Afaga-lhe os cabelos, beija-a, agarrando seu corpo ao dela. Paula o rejeita, sentindo-se agredida. Então é isso o que importa pra ele? Felipe igualmente não entende que a expressão mais visceral do seu afeto seja objeto de repulsa. Não vê que ele tenta falar de outros modos? Por que pra ela o diálogo tem de se manifestar como blocos compartimentados? Ao invés do desejo, na sua ânsia, espreme dela os avessos.

***

Por mais que não queira, Gabriela volta a pensar em Luiz. A rotina a lembrar a ausência, a ausência a pesar como uma agressão. Queria que fosse de manhãzinha, tivesse sol, mesmo que pálido, um céu estirado. Mas a noite ainda mal começou, o telefone não tocou e ela não o vê há tanto tempo. Que, de verdade, nem é tanto tempo assim.

Gabriela acha estranho ficar ali, quieta. Sempre lhe parecera mais acertado se mover quando algo não ia bem. Mas decidira ir adiante, como um desafio a si mesma, porque parecia inconcebível que não conseguisse ficar trinta minutos sem fazer nada.

Por dentro se retorce, os minutos avançam lentos. Por fora também se revolve, o corpo em contenção. Que coceira é essa que de repente aparece? Que merda de dor nas costas que não some. Perde-se no barulho dos carros distantes, distingue sons então imperceptíveis, ouve o relógio na sala. Tinha estado sempre ali? Quanto tempo passou? Os joelhos gritam. Será que já está no final?

Às vezes pensa que fugirá dali, escapará sorrateira para não mais voltar. Mas é fácil fugir, não é? Tantas coisas difíceis à sua volta, tem que acreditar que pode dar conta de pelo menos algumas delas. Trinta minutos apenas. Trinta minutos que parecem cinquenta. Quanto tempo será que falta pra acabar? Há quanto tempo mesmo ela não vê o Luiz?

O mestre havia lhe dito que ela precisava ouvir os joelhos. Como assim, ouvir os meus joelhos? Você não pode fingir que a dor não existe, ele disse.

***

Naquele dia, Marco acorda de mau humor. Laura, sem paciência. Sentam-se juntos à mesa para o café. Ela busca afagos, olhares. O dia o atravessa, as pendências, os compromissos. Ela o cutuca, o descaso a incomoda. Você está longe, diz.

Ele precisa de seu próprio tempo. Ela quer despejar sua fala, um acontecimento marcante do dia anterior, uma ideia que vislumbrara. Na insistência de um, na resistência do outro, o leite transborda. Seguem o café calados, julgando-se incompreendidos. Ele lava a louça. Ela desfaz a mesa. Trocam palavras necessárias. Ela concisa, contida. Ele, insatisfeito. Cada um segue sua direção. Despedem-se com um beijo fugidio, no vazio de um abraço que podia ser outro. Na ausência, pensam um no outro, os afazeres do dia os distraem. O tempo a transcorrer como deve, paralisando as águas turvas.

Quando Marco chega em casa, Laura já está lá. Cantarola uma música, que ele fica ouvindo sem que ela se perceba notada. Espaços límpidos entre sedimentos em suspensão. Deparam-se frente a frente, olhando-se como estão. Ele pede a compreensão num olhar. Ela a entrega num abraço.

O tempo os fizera mais delicados, ela pensa, partilhando de um silêncio sem falas recolhidas. O diálogo fluindo entre paredes espremidas ou vãos abertos. O cuidado, o olhar. O amor, sim, o amor.

Houve um tempo em que ela achou que tudo iria desmoronar. As falas represadas entre eles, o choro exaustivo de Renato, as noites maldormidas, as birras de Marina. Seus filhos, quando pequenos, não tinham sido nada fáceis de lidar, e Marco não fazia por menos. Mas ele também tinha a doçura derramada, o riso de menino para brincar com a Marina, o jeito de consolá-la, deitando-se ao lado dela, acariciando-lhe a cabeça até o sono voltar depois de um sonho ruim. Os braços quentes que embalavam o Renato por dentro da noite e os olhos que podiam fazê-la sentir-se atraente mesmo com olheiras e a camiseta respingada de leite.

Uma vida passou desde então. Já fazia dois anos que Renato tinha se mudado e cinco que Marina partira. Podia se lembrar, agora com leveza, de tempos que não tinham sido assim tão leves. Podiam agora rir e pensar como era bom que tivessem atravessado tudo aquilo juntos, falar com certa liberdade das coisas que não gostavam um no outro, se resguardar em silêncio vez ou outra, explodir, de quando em quando, sem precisar serem os dois ao mesmo tempo, porque um se daria conta do despropósito.

Agora eles se repetiam. E não havia nada de mal em se repetir, ela pensava. Gostavam de viajar para certos lugares, ir aos mesmos restaurantes, tinham seus rituais cotidianos, dançar aos sábados, cinema aos domingos. Quase trinta anos e dormiam do mesmo lado da cama. Tantos relacionamentos se desgastavam na uniformidade dos dias. Mas Laura achava que não era a repetição que trazia a monotonia. A rotina dos dias carregava diferentes matizes. Era preciso ver com atenção. E na repetição se aprendia. Ela dizia isso tanto nas suas aulas. Naquele sem fim de coisas entre eles, ela aprendia sobre Marco. E ele sobre ela. Também aprendia sobre si mesma. Gostava da ideia de que conviver com ele a fazia uma pessoa melhor.

Tá tão pensativa, Laura... Pensando que não me canso de algumas coisas, responde, sabendo que continua o próprio pensamento, imprecisa na explicação de suas ideias. Do quê? De acordar ao seu lado. Laura traz o travesseiro para mais perto e se aconchega ao lado de Marco. Não me canso disso também, diz, enquanto ele a abraça por trás, beijando-lhe a nuca. Gosta de como ele a toca devagar, delicado, mas resoluto. Os dedos por entre sua camisola, por entre suas coxas a inflamá-la. Marco também não se cansa. É bom desejar a mesma mulher. Seu cheiro. O sexo dela, misto de mar e fruta madura.

***

Gabriela sai da consulta com um aperto, com raiva, não sabe. A médica só estava fazendo o papel dela. Tinha falado de modo leve, quase corriqueiro. E um bebê? Vocês têm pensando nisso, Gabriela? Ela tinha, sim, comentado o desejo em consultas anteriores. Fazia tanto tempo. Tinha perdido uma gestação, que não chegaram exatamente a planejar e que os pegara de surpresa numa alegria inquieta, para se desfazer tão rápido quanto surgira. Ela e Luiz demoraram a conversar sobre a possibilidade de tentar novamente. Gabriela pensava e repensava. Ela relutava a perceber que a resistência não vinha da perda anterior, da vontade de não ser mãe – afinal, por que não? –, mas sim de não querer ter um bebê daquele jeito. Daquele jeito como? Ela não sabia explicar.

O tempo vai ficando mais apertado, você entende, não é?, a médica prosseguia. Por que tinha que falar disso agora? Nós nos separamos, Gabriela soltou de modo frio, uma tristeza engasgada. A médica respondeu que sentia muito.

Gabriela sai do consultório cambaleante, tentando traçar os primeiros passos de um começo. O tempo vai ficando mais apertado. As palavras impingindo o peso de outras urgências. Toma fôlego, tenta se recobrir de sonho novo. Desce as escadas para pegar o metrô e, então, aquela aparição repentina. Depara-se com Luiz nos segundos em que atravessa a catraca, ele, em vias de cruzá-la do lado contrário até se perder no aglomerado de pessoas. Era ele certamente. Luiz a teria visto? Ela achava que sim. Ele poderia ter voltado, poderia tê-la chamado. Mas não o fez. E Gabriela segue andando, sem esperar, sem pensar. Como se permitir o mais leve pensar? Quer andar. O desvio logo ali na frente. Seu agora nunca havia sido tão já. Ela sabia então que, para continuar, tinha de ser uma pessoa desprovida de esperança.

A realidade é que tem precisado de uma certa embriaguez para suportar os dias. A realidade é que o ama ainda, com o gosto amargo de quem espera muitas coisas. Senta-se no trem, aproveitando para conferir o celular. As notícias do jornal falam de muitas mortes. Também ela morre um pouco.

***

Os hábitos ajudavam Paula a criar um senso de estabilidade e controle. Levantar no mesmo horário todos os dias, 1h na academia antes de ir para o trabalho, ainda que sempre lutasse com a preguiça. Refeições regulares em meio a um trabalho que era de todo desregrado.

Talvez não percebesse os caminhos de praxe que tomava o corpo nos encontros com o mundo. A forma que perfazia aquela que ela era, com suas estruturas moldáveis e cristalizações. Os seus braços como partes expansíveis que faziam ela crescer em seus enfrentamentos, os ombros tombados e o peito constrito em seus colapsos. Menos ainda perceberia os pensamentos que, nas energias do hábito, iam formando círculos concêntricos. Nas reações dele é que percebia as repetições, como se também ela não performasse o mesmo espetáculo diante das falas e ensimesmamentos dele.

Apenas vestígios de brilhos e lantejoulas sobre ela para iluminar dentro dele seus insucessos. Então viria de Felipe o elogio cáustico, disfarçado de jogo, brincadeira. Mas não era brincadeira. E Paula, que não sabia calar, espumava seu rancor diante de tamanha indelicadeza. Não percebia que tinha sido ela a apoiá-lo antes, enquanto sonhava com seus castelos? Ah, chegava a odiá-lo por isso. Ou quando se enciumava diante da conversa demorada que Felipe podia ter com Luiz, mas não com ela, e então, soltava farpas que ele fazia questão de ignorar. Havia também as coisas todas de que ele se esquecia, as desatenções, o alarme que ele às vezes demorava uma vida pra desligar, fazendo ela perder a última hora de sono.

Devia haver algo errado com eles pra essa tristeza descolada do resto. A comida farta sobre a mesa, a taça de vinho convidando risos e volúpias, a lua aparecendo num céu que da cidade tão pouco se via. Talvez houvesse algo de errado consigo mesma pra odiar por tão pouco.

***

O professor já fechava a porta quando Sofia chegou. Havia apenas um lugar remanescente, do lado oposto onde estava Laura. Acenou-lhe, acomodou-se, dando uma espiadela rápida no celular antes de desligá-lo. As cadeiras dispostas em semicírculo, de forma que podia vê-la mais do que estando ao seu lado. Sua figura esguia, as pernas cruzadas, os dedos ágeis escrevendo. Fazia anotações frequentes, brincava com a caneta entre os dedos. Laura percebia que era observada, os olhos no professor para depois voltarem-se diretamente para ela. Sofia não sabia se gostava quando isso acontecia, como se as coisas se invertessem. Sem conseguir sustentar o olhar, se afundava entre os papéis, procurava algo na bolsa.

Você está tão elegante hoje, Laura disse ao se aproximarem, finalizada a aula. Estive numa reunião, pedia algo mais formal. Quando saí de casa pela manhã, Carla brincou comigo perguntando onde estava sua mãe. Se não fosse pelo trabalho, eu usaria as mesmas roupas que ela.

Laura interrompeu a conversa para atender o telefone. Seguiram andando enquanto ela ainda falava no aparelho. Sua filha?, perguntou depois de finalizada a chamada. Laura meneou a cabeça. Desconfiei pelo tom de voz. Parecendo uma mãe excessivamente zelosa?, ela quis saber. O normal de uma mãe, respondeu rindo. Marina às vezes se incomoda com as minhas perguntas todas, mas se não pergunto, ela não me conta quase nada. Não tem sido muito diferente com a Carla. Já se acomodavam numa mesinha ao canto do pequeno café onde sempre iam. O que você vai tomar?

O copo de suco pela metade. Também o tempo com ela. Olharia o relógio, que era para ter certeza. Não poderia o tempo ter se esticado de repente?

Os compromissos todos do lado de fora. Carla estaria à sua espera. Não propriamente: estaria enfurnada em seu quarto, lendo, estudando, fazendo sabe-se lá o quê, mas, ainda assim, à sua espera. Cada uma delas habitando seus próprios espaços pela casa, dividindo os afetos nos ruídos, nos bom-dias, nas conversas entre brechas, que para Sofia poderiam ser longas, mas que enxugava para caber na escuta da filha.

Também queria de Laura as conversas mais longas, mas o tempo sempre estreito. Laura igualmente tinha quem a esperasse. Tão atarefada, a achar, como ela, que o tempo se dilata. Os passos sempre apressados, a prontidão dos gestos. Logo seria ela a olhar o relógio. Melhor pedirmos a conta, não? Mas antes que Laura dissesse, antes que qualquer coisa mais interrompesse sua intenção, talvez apenas se permitindo uma respiração ampla, que era para poder dizer de um fôlego só, sem hesitações, Sofia deixou escapar. Se pudesse, Laura, passava a noite toda contigo.

Os olhos de Laura pousados na xícara sobre a mesa. Não estava certa de que tinham sido os lábios ou se foram os olhos dela que sorriram. Tão bom conversar contigo, prosseguiria, as mãos soltando o copo e se agarrando uma à outra. Laura parecia não ter pressa em dizer algo, como a deixar que a intensidade fosse dela, mas a olhava, a olhava de um jeito que nem sempre se permitia. Eu também gosto desse tempo juntas, Sofia.

Ah, se pudessem... O fato é que não podiam. O garçom logo passaria deixando a conta. Mesmo que a conversa as levasse para longe, Laura se desvencilharia, o corte rápido, preciso, e iriam direto para o caixa. Que era para ganhar tempo.

Onde está seu carro? Ali no final da rua. O meu está um pouco antes, hoje dei sorte de achar vaga. São só alguns metros, mas meus pés estão me matando com esse sapato. Sim, estou vendo a elegância se desmilinguindo. Sofia lhe mostrou a língua, enquanto ela ria. Meu carro está logo ali. Laura a beijou de leve no rosto, antes de atravessar a rua.

Sofia, ela chamou já do outro lado. Vamos almoçar juntas um dia desses.

***

Paula entrou em casa com sacolas de compras de supermercado penduradas nos braços. Enquanto descarregava os pacotes na cozinha, teve a impressão de sentir um cheiro estranho. Voltou para fechar a porta do apartamento, ouvindo a voz de Felipe vinda do escritório. Ele falava no telefone e apareceu instantes depois. Precisa de ajuda? Beijou-a, deixando um copo vazio sobre a pia e já se prontificando a abrir a geladeira para colocar as garrafas de suco que ela tinha tirado das sacolas. Estava falando com o contador agora. Pendências ainda? Sim, algumas papeladas pra assinar.

Fê, você chegou a... Ele não deu tempo para que ela finalizasse a pergunta. Não, eu não falei com o amigo do Luiz. De verdade, eu não sei se estou interessado nesse trabalho. Você podia parar de me perguntar isso.

Que merda, ela bufou, largando a última sacola na mesa. Eu ia te perguntar, Felipe... o que importa o que eu ia te perguntar. E agora os olhos se enchiam e as mãos tremiam, sem que pudesse evitar. Eu ia te perguntar se você chegou a tirar a porcaria do lixo da cozinha. Desviou-se dele, indo verificar e confirmando sua suspeita. Tá um cheiro horrível aqui. Você não percebe?

Ele se desculpou. Paula tinha pedido para que ele fizesse isso antes de sair de casa pela manhã, acabara se esquecendo. Deixa que eu tiro, ele tentou interceder, enquanto ela já fechava o saco, parecendo querer passar por cima dele. Felipe tomou o saco da mão dela, dizendo que ia levar na lixeira lá de baixo.

Voltou para casa em silêncio, os sentimentos revirados. O problema era o lixo. Aquele que se acumulava entre os cantos, na ruminação das ideias. Chegou perto dela, secando as frutas que ela tinha lavado. Você coloca palavras na minha boca, Fê. É que você me pergunta a toda hora como estão as coisas.

Mais tarde se perdoariam, mas sempre ficava um resquício, pequenas sementes, quase imperceptíveis. Nas condições propícias, germinariam.

SEGUNDA PARTE: CALOR

***

Laura às vezes chegava falando como se a tivesse encontrado minutos atrás. O seu pensamento correndo antes do acontecimento, para despejar tudo ao ver Sofia naquele seu entusiasmo voraz. Fiquei te devendo o convite pra um almoço, mas meus dias foram tão corridos. Quer jantar comigo hoje depois da aula?

Sofia achava que as pessoas, em sua maioria, diziam muitas coisas por dizer. A gente se vê, até mais. Podia ter algo mais evasivo? E se despedem, sem a verdadeira intenção de um encontro futuro. Ela mesma se pegava dizendo frases soltas assim, por puro automatismo. Laura, não. As palavras nunca em excesso. Às vezes, é verdade, era o caso de lhe faltarem. Sofia ficava à espera de explicações mais substanciais sobre o seu sentir, e ela, tão concisa. Deixava silêncios espaçados, como resguardos. Adentrá-la mais exigia paciência ou outros silêncios, que aos poucos Sofia aprendia.

Não sei se o horário é apropriado, mas como você comentou que sua filha estaria com o pai essa semana... Eu acho ótimo, Laura, não tenho planos pra depois. E você, Marco não te espera? Ele está numa viagem, volta só amanhã.

Ela perguntou se Sofia queria sugerir algum lugar, talvez ali perto. Bom, não é tão perto, mas eu adoraria cozinhar algo pra nós. Você se arrisca?

Sofia vivia em um apartamento pequeno com a filha. Os livros recobriam as estantes, os objetos sem ordenamento aparente, cada coisa a combinar com outra a partir da sua própria desregularidade numa harmonia distinta. As muitas plantas encontrando espaço em vasinhos acomodados sobre uma mesa na sala, ou em vasos maiores, e cachepôs dispostos na varanda. Fotografias e quadros dividindo o lugar nas paredes, ilustrações diversas, paisagens, e algumas marinas que chamaram a atenção de Laura. Descobriu que eram do pai de Sofia. Não faz muito tempo que ele começou a pintar, contou ela. Tão bom descobrir coisas novas que nos tocam, comentou Laura. Acho que era algo antigo nele, mas que deixou de lado quando éramos pequenas, eu e minha irmã. Minha mãe morreu muito jovem, meu pai quem nos criou. Quantos anos você tinha quando sua mãe morreu? Seis. Tão criança... Laura ia perguntar algo, mas Sofia já retomava os rumos da conversa. Bom ver meu pai redescobrindo isso, fazendo coisas que ele gosta. Nem sempre sobra tempo pra gente fazer as coisas que quer. Eu mesma poderia ser tantas coisas. E o que mais você seria? Ah, acho que poderia cuidar bem de um jardim, sempre sonhei em ter uma horta, estar mais perto da natureza, mas eu vivi a maior parte da vida em um apartamento e minhas plantas estão todas em vasos. Elas são bem bonitas. É que eu converso sempre com elas. E isso adianta? Só se não deixar de regá-las, respondeu rindo. Agora você falou como se fosse eu. Sim, tinha falado como ela, o humor sutil, destilado entre as palavras. Devia ser a convivência.

Sofia voltou ao pai. Falou sobre ele com admiração e saudade, há meses não o via, moravam longe e demoravam a se encontrar. Laura desbravava aos poucos a intimidade da amiga. Atravessou o corredor percorrendo os olhos pelos retratos na parede. Sofia lhe mostrou fotos de Carla quando bebê, depois uma dela própria com seus três ou quatro anos, onde já despontavam os olhos arredondados e os cílios bem marcados.

Você está com frio, não está? Sofia notou que ela parecia encolhida. Tinha saído de casa pela manhã e não imaginara a mudança de tempo. Vem aqui, vou te emprestar uma blusa. Laura acompanhou Sofia até o quarto. Ali, as paredes limpas, contrastando com o resto da casa. De abundante, a mesinha de cabeceira com uma pilha de livros disputando espaço com o abajur e dois cadernos. Permitiu-se espiar o que ela andava lendo, enquanto Sofia abria o armário à procura de uma blusa. Acho que você ia gostar desse aí, Sofia disse, vendo Laura tomar sem cerimônia um dos livros nas mãos. Sofia parecia gostar da permissividade de Laura, de vê-la transpor com curiosidade aquele seu espaço. Qual você prefere? Pode ser essa aqui, Laura respondeu, pegando a blusa que parecia mais quente e vestindo-a.

Seguiram para a cozinha. Uma prateleira chamou a atenção com uma infinidade de temperos, distribuídos em vidrinhos. Poções mágicas?, perguntou em tom de brincadeira.

Com esse frio pensei em uma sopa, o que você acha? Sofia abriu a geladeira, tirou legumes, manteiga, algumas coisinhas para beliscarem enquanto preparava o jantar. Depois pegou uma tábua e uma faca, cortou cebola e alho, escolheu uma panela, acendeu o fogo. Primeiro, veio o cheiro da manteiga, então a cebola dourando. Acrescentou alho, gengibre, ardendo com açafrão, algo mais de picante, aromático, vermelho vivo, manchando a ponta de seus dedos. Sal e qualquer coisa ainda ausente, que vasculhava nos potinhos enfileirados. O perfume adoçando os ânimos, intensificando a espera.

Laura se encantava em vê-la ali mesclando os temperos, tesouros resguardados em cores e sabores, que ela escolhia não por método, mas por intuição. Também ela se sentia tentada a aventurar-se. Sofia a observava, via seus olhos curiosos. Cheire esse aqui, ela disse, abrindo um dos potes e levando-o até Laura. Era noz-moscada, Laura pôde reconhecer. Um cheiro doce, marcante, de que ela gostava. Prove esse, ela disse salpicando em sua mão um pó de verde-escuro acentuado. Tinha um aroma refrescante, intenso. Olhou duvidosa para Sofia. Esse é louro, ela revelou. Divertiam-se naquela brincadeira que pareciam ter inventado. Laura então, por conta própria, arriscou-se com mais alguns, cheirando e provando os temperos, tentando fazer suas próprias adivinhações. Depois, deixou os vidrinhos de lado, ajudou a pôr a mesa, enquanto Sofia cortava os legumes. As conversas intercaladas, espremidas entre compromissos, agora se abriam num tempo que parecia ser só delas.

Dividiram a espera e a alegria simples de se fazerem próximas. Uma conversa se encadeando na outra. Comeram devagar. Laura não hesitou em repetir. Os pratos já vazios, deixaram-se ficar. Acho que vou fazer um chá. Você quer? Sofia levantou-se, pôs água para ferver. Tiraram a mesa, deixaram os pratos sobre a pia, depois seguiram para a sala. Laura se deteve diante dos porta-retratos acomodados sobre uma mesinha. Olhando as fotos, se perderam em outras conversas. Sofia voltou para pegar o chá, o cheiro fresco da cidreira se espalhando.

Sentaram-se no sofá, as canecas fumegantes aquecendo-lhes as mãos. O aroma dispersando, a efusividade das conversas se assentando. Ficaram num silêncio que antes não havia. A noite deslizara por elas e agora avançava. Laura contemplativa, a mão sustentando o queixo, depois os dedos se enrolando nos cabelos, como ela fazia tantas vezes. Sofia a observava, os olhos a parecerem ainda maiores. Remexendo-se no sofá, aproximara-se mais de Laura, sua perna roçando a dela para depois se afastar com delicadeza. Como os cabelos de Laura, se emaranhava. Caminhos que não sabia se podia trilhar.

Sofia terminou o chá que ainda restava na caneca. Vou pegar mais, você quer? Foi até a cozinha e voltou com as duas canecas cheias. O verde líquido transluzente como os olhos dela. Laura tomou seu chá devagar, ela pressentia o que trazia o silêncio. O relógio esquecido por tanto tempo no seu canto, mas ela agora buscaria por ele junto à parede da sala. Nossa, como está tarde, melhor eu ir. Você quer que te ajude em algo, Sofia? Não precisava. Agradeceu o encontro, disse que tinha sido muito bom estar ali. A blusa emprestada devolveu a Sofia, disse que entraria logo no carro e não haveria necessidade de levá-la. Demoraram-se ainda um pouco mais no hall de entrada, por fim se despediram. Sofia fechou a porta. Nas mãos, a blusa que Laura lhe entregara. Aproximou-a para sentir. Ali, seu resquício mais sutil. Limão ou seria flor de laranjeira?

***

Cumprimentaram-se, dando-se conta da falta que sentiam uma da outra. Tinham se distanciado nos últimos meses e Gabriela sabia que era por sua própria vontade. Não deveria ser assim, Paula agia com discrição. Mas sabendo que via Luiz com frequência, Gabriela se sentia exposta aos olhos dela.

Foi naquele restaurante que ela apresentou Paula a Felipe, se lembrava bem. O relacionamento deles tão diferente do que tinha com Luiz. Por vezes lhe assombravam as súbitas explosões, os dois tempestuosos. Mas depois a calmaria se instalava e os via tão amorosos que os invejava.

Pediram o almoço. Falaram de trabalho, coisas que vinham à mente, a conversa a aproximá-las devagar. Como você está? Paula perguntou por fim. Não a pergunta solta e corriqueira, a que realmente importava. Gabriela com os lábios retraídos até os olhos se encherem subitamente. Paula lhe tocou o braço, comovida, a perceber o quanto Gabriela talvez precisasse dela, mas não ousava dizer. Ficou refletindo se não deveria ter sido mais insistente e estado mais presente. Queria dizer algo, como se as palavras pudessem acolhê-la ou fazê-la forte. Esquadrinhava exaustivamente e elas não vinham. Porque também ela se condoía, numa dor que não entendia.

***

Quanto tempo não te vejo, Miguel. Sim, meses. Tenho viajado muito, não pude ir nos últimos encontros. E o novo trabalho, Sofia? Já não é tão novo. Gosto bastante de onde estou agora, só não tenho companhia tão divertida para o almoço. A gente ria muito junto, não é? Também sinto falta disso.

As cadeiras ao lado de Sofia já tomadas, e ele, tendo chegado mais tarde, sentou-se em uma das pontas. Muita gente reunida na mesma mesa e o bar ruidoso favoreciam as conversas divididas. De longe, ela se deparava com o olhar dele seguidas vezes. Ficava pensando se alguma vez antes ele a olhara daquela forma, acompanhando seus movimentos e capturando o que lhe escapava sutilmente do decote.

De início tentou fingir que não percebia, mas, divertindo-se com a situação, retribuiu o olhar. Ele não se retraiu. Sofia se punha a rir meio à toa, como que embriagada, naquele devaneio a que se entregavam. Como num jogo, aquilo foi se estendendo noite adentro.

Quando a cadeira ao lado dela ficou livre, Miguel aproveitou para se sentar. Iniciaram uma conversa aparentemente banal, mas depois de alguns minutos, dialogavam de forma acalorada. Não era tanto que discordassem de seus pontos de vista, mas como se lhes apetecesse a discussão em si. Miguel gostava de provocá-la e Sofia resistia firmemente, também a instigá-lo. De alguma forma, o jogo prosseguia e o embate de ideias era só uma forma diferente de se colocarem a postos.

Na saída, ele se ofereceu para acompanhá-la até o carro. Sofia achou engraçado quando sua mão e a dele, tão próximas uma da outra, se tocaram e entrelaçaram sem cerimônia. Caminharam por pouco mais de duas quadras. Pararam diante do veículo estacionado sem querer soltar as mãos. Mas ela precisava da sua, não encontrava a chave dentro da bolsa. Abriu o carro e virou-se para se despedir. Ele tão perto. Os lábios já em seu rosto para depois lhe encontrar a boca. Sofia apertou-se a ele, fazendo o beijo mais demorado, depois se desvencilhou, entrando no automóvel.

Vá pela sombra, ele disse sorrindo, enquanto ela dava partida. Sofia riu. Para ele e depois para si mesma, leve, tão leve estava.

O que tinha sido aquele beijo? Pensava em quanto tempo conhecia Miguel e o que transcorrera na véspera que não havia acontecido nos últimos dez anos. Ele telefonou perto da hora do almoço. Vamos nos ver?, perguntou. Agora à tarde?, ela sugeriu, acostumada que estava a falar com ele numa intimidade desvelada, sem se incomodar se a julgaria de uma prontidão exagerada. À noite vou buscar a Carla na casa de uma amiga.

Encontraram-se num café perto da casa dela. Ele já estava lá quando Sofia chegou. Se levantou sorrindo, quando ela se aproximou. Pareciam não saber como deveriam se cumprimentar, então se contentaram com um beijo no rosto, como usual. Empurrou a cadeira para que ela se sentasse, disse que tinha acabado de pedir uma água, se queria também já pedir algo. Iniciaram uma conversa qualquer, não importava muito sobre o que era, um preâmbulo para a fala silenciosa que se desenrolava por trás. Os mesmos olhos a desnudá-la devagar.

Miguel sempre atraíra os olhares femininos, mas ela nunca lhe dera muita atenção. Na época, seus quereres andavam por outra direção. Ele decerto tinha seu charme, refletia. Sofia não entendia bem o calor repentino, nem o olhar descomedido que Miguel lhe oferecia, porque duvidava ainda que fizesse o tipo atraente para ele. Sua ex, que chegara a encontrar em algumas raras ocasiões, era um tipo mais exuberante.

Sem que demorasse muito, entre as xícaras de café repousadas sobre a mesa, Miguel lhe tomou uma das mãos. Tocou-lhe o dorso, acolhendo-a sobre as suas mãos quentes, o indicador a percorrer vagarosamente a superfície, os sulcos que atravessavam a palma, o espaço entre os dedos. Sofia corou como se lhe tocasse mais que a mão. Como não perceber o ardor?

Miguel beijou sua mão, então tomou sua boca. Se olharam, assim muito de perto, rindo, sem entender direito o que movia o desejo. Vamos pra minha casa, ela disse, mais afirmando do que perguntando. Ele não hesitou. Seguiram caminhando por pouco mais de uma quadra, as mãos atadas, a fala desatinada que era para disfarçar anseio demais.

Os minutos de espera pelo elevador pareciam longos, insuportavelmente longos. Onde estaria a chave? Sempre tinha problemas para encontrar as coisas em sua bolsa. Os lábios dele no seu pescoço, o corpo pendendo sobre o dela. Deus, assim fica mais difícil. Miguel desabotoou um dos botões de sua blusa. Estaria por acaso aqui?

Por fim, com a chave nas mãos, Sofia abriu a porta. Entraram, um tanto afoitos. Aqueles botões todos ainda por desabotoar.

Quando se deparou mais tarde com o corpo nu de Miguel ao seu lado, Sofia voltou a rir do inusitado que tudo aquilo era. Você nunca tinha imaginado isso antes, não é? Não se importava com o riso sincero dela a confessar abertamente seu próprio estarrecimento, porque também ele se divertia.

Sofia toda cheia de ideias, difusa, a cara lavada, os pensamentos ditos em voz alta. Gosto de você assim, ele disse, acompanhando com os olhos os caminhos curvos até o ventre dela. Assim como? Sem roupa. Às vezes é o contrário, sabe? Você vê uma mulher linda, toda produzida, fica imaginando mil coisas... Mas tem maquiagem, enchimentos, e sem eles... Deve ser frustrante, ela comentou sem poder manter-se séria. Miguel era espirituoso e Sofia gostava de como seu riso saía fácil ao lado dele. Adoro essas pintas que você tem. Pintas grandes e dispersas que se sobrepunham à pele dela, tão clara. Tanto tempo ao teu lado e eu ainda não as conhecia. A mão dele percorrendo o seu traçado, do alto das costas para a nádega direita dela. Sofia se desmanchava nos afagos que ele fazia, se comprazia sem discrição. Miguel pensou que o que gostava nela era aquele jeito espontâneo, o prazer que ela lhe dava na satisfação explícita que ele lhe provocava.

Dali a uma hora, Sofia teria que sair para buscar Carla. Mas era só dali a uma hora... Ficaram deitados, sem pressa, conversando. Miguel disse que estaria viajando nas próximas duas semanas, a trabalho. Se despediram sem saber o que aconteceria dali em diante, sem se permitirem a pergunta que sempre ronda os amantes recém-descobertos. Como se precisassem de tempo. E de fato, precisavam.

E agora? Aquele que proferisse já estaria com o gesto revelando a espera. E de início, não cabia muito mostrar o tamanho da fome.

No carro com a mãe, Carla notara que ela estava avoada. Conversaram um pouco, depois se calaram. Sofia, embalada ainda pelo prazer, voava, sim, mas não deixara de trazer atenção a Carla, na excitação de um beijo singelo, ainda fresco nos lábios. Carla se continha, mas sem poder por completo, era inteira sorriso, aquela alegria ingênua a se desprender no ar.

Sofia pensava se também se entregava assim, apreciando o silêncio tão cheio de significados entre elas. Se fossem melhores amigas, talvez agora não se contivessem, os pequenos segredos derramados. Mas Sofia não lhe contaria sobre Miguel e Carla, tampouco revelaria o que se escondia por trás daqueles olhos de menina. Estava bem assim, ela pensou.

Sofia colocou uma música da qual gostavam e logo estavam as duas a cantar. Já sabiam daquela alegria festiva que lhes tocava a alma e isso bastava. Era bom que fosse assim.

Sofia se enchia de expectativas. A semana passava e ela sabia, sem querer admitir a si mesma, que contava os dias e se recobria de pensamentos confusos, a ânsia acompanhada de um prazer misterioso.

Dali a alguns dias, iriam se ver. Ansiava, mas sem pressa, como se quisesse desfrutar o anseio em si. Que era bom desejar. Esperava com paciência, vivia cada instante de uma vez. Na espera, queria fazer jus ao sentimento bom dentro dela.

Seu pensamento incorreria tantas vezes em Laura. No táxi, voltando de uma reunião, minutos antes de encontrar uma amiga para o almoço, entre uma mensagem e outra que trocara com Miguel, a lembrança entre as tarefas encadeadas da tarde e as outras por fazer. Passar na farmácia antes de ir para casa, ligar para sua tia à noite, não se esquecer de contar a Carla algo que haviam lhe falado no trabalho. Sutilmente se enredando entre ideias desconexas. Sofia achava isso tão descabido. Estranhava esse sentimento de quem precisava estar sempre perto. A presença de Laura alimentava nela uma exaltação, uma alegria incandescente.

A fala das duas como fios que se enredam. Deliciava-se com os instantes, sem entender, na sua simplicidade, por que se faziam especiais. Com ela passaria muito tempo, e deixariam-se com o gosto de querer ver-se mais. Gostava de como ela a escutava e depois, como chuva rompendo o estio, a inundava com suas narrativas. Esgotavam uma conversa, enveredavam por outra, o tempo distendido.

Ainda não entendia como podia se deter por longos instantes ouvindo-a falar sobre temas que lhe passariam distantes, fossem amenidades ou detalhes desapercebidos de um dia qualquer, questões existenciais ou a balbúrdia cotidiana estampada nos jornais. Como se através dela a realidade se expusesse distinta a Sofia, novas perspectivas revelando-se sob uma superfície aparentemente chapada. Gostava de como ela se incendia e de como podia falar de coisas intrincadas de forma tão simples. Discorreria sobre os filósofos: clássicos, românticos, existencialistas. A Sofia não importava classificá-los. Adorava-a naquele seu jeito quase professoral, expondo-lhe não ideias prontas, mas questionamentos que podiam ser também os delas. Que era aquilo que ficava nela quando Laura partia? Uma luminosidade tênue que parecia recobrir as coisas.

Laura igualmente se deteria nela, porque a levava aonde os olhos não iam. Sofia às vezes precisava de longas pausas para articular aquilo que lhe vinha como torrente. Então saíam dela, ainda desestruturadas, voláteis… Palavras doces que traduziam todo o fulgor de um sentimento.

De repente algo sutil, quase nas entrelinhas, o escape de um olhar. Seria verdade que Laura lhe retribuía o sentir? Também ela desejosa daquela proximidade, fazendo-se disponível, aceitando os subterfúgios aparentemente ingênuos que encontrava Sofia para justificar novos encontros.

Sofia queria expressar numa fala precisa todo o transbordamento. Tão fluente na escrita, perdia-se agora com as palavras. Eram os seus gestos sempre a conduzi-la de forma mais impetuosa. Então, num desses encontros, tomou Laura num abraço. De início, um abraço como outros que já haviam se dado. Despediam-se e um abraço era o que se tinha de mais corriqueiro. Em segundos apenas se desprenderiam como o esperado, mas entre seus braços Sofia a reteve um pouco mais. E Laura deixou-se ficar, entendendo aquilo como a tradução do que as palavras não sabiam explicar.

***

Ao final, não tinha sido bem-sucedido o plano de investir suas economias num empreendimento. Ideias e intentos boiando depois do naufrágio, Felipe tombado, flutuando entre os destroços. A cerração, Paula não via, empurrando as caixas que tinham vindo do antigo escritório dele e dizendo que estava em tempo de abri-las. Era preciso reorganizar a vida, ela insistia, e ainda que ele agora, não soubesse bem para onde ia, podia começar com as coisas naquelas caixas.

Paula falava que eles tinham sorte de ela ter um bom trabalho, podiam segurar as pontas por um tempo. Ele não via isso como sorte. Não entendia quando ela afirmava que ele ainda podia ser um profissional desejado pelas empresas, que podia tentar algo novo, era errando que se aprendia. Parecia coisa dos livros de autoajuda que a mãe dele gostava de ler e ele passava longe. Mas era a mãe dele a primeira a deixar escapar, dizendo, como quem não quer dizer, você não devia ter investido nesse negócio. Devia era ter seguido onde estava.

Felipe se lembrava de ter os pés muito firmes no chão, tão confiante dos próprios passos, pagando suas contas, cumprindo suas obrigações, vivendo na superfície plana das coisas. Então a ruptura, submersão lenta, água que se infiltra, misteriosa. Como não querer ir fundo? Mergulha e é fria, ondulante. Já não pode mais com o denso dos dias.

Sim, pule, tantos lhe diriam. Havia também os que se prendiam à terra e achavam arriscado saltar. Sempre era. Mas tão certo que mergulharia, pés cansados de percorrer o mesmo chão.

Dizem que nas águas muito profundas habitam animais desconhecidos, seres primitivos, monstros marinhos que vagueiam no escuro. Não vá muito fundo ou você se afoga. Não vá muito longe, os monstros te devoram. Não devia ter ido. A vida tão bem traçada, edificações erguidas. Mas o anseio fazia as paredes ocas. Destemido, queria ir longe. Para onde tinha ido por fim, que já não avistava a superfície?

Paula tinha passado por ele, disse qualquer coisa enquanto ia para a cozinha sem que ele pudesse entender. Ela tinha os olhos tristes. Ele não se lembrava de ela ter olhos assim. Era ele que a arrastava? O que havia feito do sonho? Mudar a vida, empreender novos caminhos? Planos tão frágeis.

Paula lhe diria, sim, você fez muitas coisas. Não vê? Ele não via. Às vezes não dá certo. É preciso tentar diferente, fazer de novo, de novo. Ele não ouvia. Tão inábil com os próprios fracassos. Não entendia nela os tropeços de repente virarem saltos.

Paula nunca seria capaz de entender o que era lidar com um medo paralisante, porque nela o medo era sempre um tremular. Um movimento. Instável, impreciso, mas um mover-se. Não, ela não era capaz de entender, não chegava nem mesmo a dar ouvidos aos próprios maus presságios. Saía da água, se punha a secar ao sol. Felipe nadava. Sim, nadava, mas quantas vezes afundava, submerso nos piores pensamentos. Ela podia lhe estender a mão, como fizera em tantas ocasiões, mas só agora começava a aprender que não adiantava.

***

Miguel tinha ligado dias atrás dizendo que voltaria de viagem naquela semana, queria encontrá-la. No dia de se verem, Sofia chegara mais cedo em casa para poder fazer tudo sem pressa. Arrumar a desordem da sala, adiantar alguma coisa do jantar, tomar um banho demorado. De repente, o interfone. Diabos, tinha que chegar tão cedo? Recém-saída do banho, nem escolhera direito o que vestir. Abriu a porta, a toalha enrolada no corpo. Pedi pra você vir às oito, então só deu tempo de pôr o perfume, falou maliciosa. Eu ia me desculpar por ter chegado antes da hora, mas agora nem vou, ele disse.

Os encontros se tornaram frequentes, mas intercalados por períodos de afastamento. Miguel sempre viajando. Passava às vezes uma ou duas semanas fora, regressava por uns dez dias e logo partia novamente.

Sofia não se importava tanto com as separações, como se também apreciasse o tempo que tinha para si mesma, as horas solitárias em que escrevia, as refeições com Carla, os dias em que perambulava sem rumo pelas ruas do bairro, porque gostava de caminhar assim sem destino, observando as coisas e pessoas que cruzavam seu caminho, os cafés com Laura, o momento de cozinhar ouvindo boa música, os amigos que vinham visitá-la, os livros lidos até o limiar do sono, deitada no sofá da sala.

Miguel regressava como brisa suave. Vinha perfumado, como costumava estar, a tocá-la com delicadeza, para depois lhe acender. Esfomeados da ausência, selvagens até. Acostumada com o agir quase contemplativo, a comer devagar, acompanhar a lentidão das plantas em brotação, desaguava abrupta. O prazer do corpo, das coisas ao redor que reluzem. Aquilo que vinha quando ele chegava e se esparramava para além dele. Sofia gostava do desejo ardendo dentro dela.

Saciados, eles se recolhiam num silêncio morno. E quando ele partia, ficavam os dois cheios de sua própria liberdade, nutridos e satisfeitos, a pensar que aquilo bastava.

Você está apaixonada? Laura perguntou de repente enquanto atravessavam a rua. Era isso mesmo que ela tinha dito? Carregava um tom grave em sua fala ou era só impressão? As palavras, como gatilhos, disparam pulsares, luzes que acendem de compartimentos escuros. Sofia arfando, tardando a responder, os pensamentos em desordem.

Os apaixonados são assim, avoados mesmo, ela disse em tom de brincadeira, enquanto já entravam no café. Sofia, você falou repetidas vezes no seu amigo... Ah, sim, o Miguel. A constatação como um tropeço repentino para quem perambula pelo etéreo das ideias febris. Eu não sei. Laura a cutucá-la. Você saberia, não saberia?

Contou a Laura da paixão que um dia ela e Pedro tiveram. Quando se conheceram tinha apenas 16 anos, ele, 17. Ficaram juntos por quase vinte anos. Era bastante tempo, não era? Sofia acreditava que, por terem se conhecido assim tão jovens, rondava entre eles uma inquietude. Eu sentia que Pedro gostaria de ter conhecido outras mulheres, vivido outras experiências amorosas. Confessou que também tivera um pouco esse sentimento, só que nela não era uma incompletude, mas simplesmente algo que pairava no ar como uma fantasia, porque por outro lado achava lindo uma paixão para a vida inteira.

Sofia subitamente expunha um lado melancólico que Laura não conhecia. Uma resignação em sua voz. Carla tinha 13 anos quando nós nos separamos, foi um momento bem difícil. Os olhos grandes de Sofia derramados num silêncio estirado, que Laura deixou perdurar.

Mas então se dera conta de que começara falando de Miguel e se perdera. Que não, não estava apaixonada, tinha que admitir. Mas que se sentia... Como é mesmo que se sentia? Seu corpo se movia com leveza, o desejo brotava intenso, tinha sonhos, muitos sonhos. E isso era bom. Será que a paixão tem de vir sempre de forma repentina ou pode vir devagarinho?, deixou a pergunta pairando no ar, porque tinha a esperança. Conte sobre você e Marco, ela pediu.

Laura demorou a falar, as coisas de dentro sempre lhe vinham devagar. Não sei bem como nossa história juntos, de fato, começou, ela contou. Assim como Miguel e Sofia, eles haviam sido amigos por um tempo antes de começarem a namorar. De uma contenção inicial, passou para uma narrativa intimista, mas ao modo dela, as palavras todas bem medidas. Fez pequenas confissões, os olhos brilhando mais que o usual.

Sofia entendia que o amor nunca seria retilíneo. Entre as pausas de Laura, podia reconhecer a admiração, o afeto, as alegrias, também as diferenças, os dissabores. Refletia se existia mesmo isso de paixão pra vida inteira. Às vezes ela via alguns casais de longa data ainda a resplandecer o resquício. Sim, podia ver a ligeira fagulha nos olhos de Laura.

Estou pensando no poema que você leu outro dia... era sobre você e Marco, não era? Laura apenas concordou com a cabeça. Me deu tanto o que pensar. Sofia não compreendia bem como o vínculo não poderia atar, porque no seu apego sempre faria menores os espaços. O amor entre eles não parecia constrito, antes esparramado por grandes paisagens. E era bonito demais isso de poderem se cuidar sem se amparar um no outro.

***

Rogério pousa os olhos nela quase ao acaso. Aí se detém por mais tempo. É alta, atraente, gosta de como ela dança, absorta pela música. Seus olhos então atravessam a pista, veem uma morena que afunila olhares para si num jogo duvidoso, um grupo de garotas mais distantes, que cochicham, desferindo tentativas discretas na direção dele e dos amigos. Volta a olhar para a moça alta. Ela demora a percebê-lo.

Ele é bonito, ela pensa. Mas algo a incomoda, talvez a agressividade do olhar. Ou seria algo nela mesma, precisando redescobrir os espaços e aqueles que gostaria de ocupar. Não, ela não queria a pílula que a amiga ofereceu com discrição, apenas um cigarro.

Rogério se distrai e, quando percebe, ela escapara. Entre os corpos que se movem e a luz estroboscópica que recobre a pista, não consegue encontrá-la. Talvez não devesse. Mas o caminho sinuoso sempre lhe parece o mais tentador. Atravessa toda a pista, vai pegar uma bebida. Onde estaria? Encontra-a por fim na área externa, um cigarro entre os lábios, um ar contemplativo. Está só. Ele se aproxima.

Tive a impressão de que já te conhecia, mas talvez tenha me enganado, ele diz. Se nos conhecêssemos, eu acho que me lembraria, ela responde, tentando esboçar um sorriso. Rogério não sabe bem como prosseguir, mas a observa.

Não creio que eu seja sua melhor escolha, ela diz, como se já antecipasse suas intenções. É direta, cortante. Ou talvez simplesmente sincera. Ele pode virar as costas, mas vê aquilo como uma incitação. Talvez eu tenha que descobrir isso por mim mesmo, ele afirma, sem deixar de encará-la. Faz sentido, ela responde, pensando que aquilo fazia, sim, muito sentido. Que também ela tinha de pôr as coisas à sua própria prova. Quer um cigarro?, ela pergunta, convencida de que ele não a deixaria facilmente. Não, eu não fumo. Eles ficam em silêncio por alguns instantes, Rogério a sondar o terreno onde pisa.

Estou olhando essa luz passando por você, atravessando a fumaça. Fez um efeito tão bonito. Ela brinca com a fumaça, querendo dar-lhe formas. E sorri pela primeira vez. Rogério se detém naquele sorriso. Uma melancolia enevoada, mas há algo que cintila. Luz e sombra, ele diz. Como esse teu olhar. Ela não tinha vislumbrado seu estado de espírito dessa forma.

Você é bom observador. Acho que sim, vivo de capturar os instantes. Que interessante, eu sempre tento apreender o instante, mas ele me escapa. O que você faz, afinal? Sou fotógrafo. Que ótima definição pra falar do que se faz. Preciso arranjar algo mais atraente para mim. Que tipo de fotos você faz? Trabalho com publicidade. E você? Eu sou jornalista, escrevo sobre economia e mercado financeiro.

E como está o mercado? Devo ou não investir na bolsa?, ele pergunta. Tem olhos maliciosos e ela sabe que brinca com as palavras. Você gosta de se arriscar, não é?, avalia ela, divertindo-se com o jeito dele. Ele assente com a cabeça. Ela deixa a resposta em suspenso. Rogério fica observando ela terminar o cigarro. Pensa que, como ele, também ela observa, é atenta, sagaz, a fala ligeira.

Eu estava indo pegar uma bebida antes de te encontrar... você quer algo? Ela parece pensativa, talvez ainda relutante. Acho que tomo uma cerveja. Vem, vamos então até o bar. Não vou te deixar aqui, você pode me escapar, ele diz, sorrindo para ela e a segurando com suavidade pelo braço. Caminham lado a lado. Pegam uma cerveja e sentam-se numa mesinha apertada, num canto distante da pista, onde o som parece mais baixo e se pode conversar.

O que você gosta de fotografar?, ela pergunta, enquanto corre os olhos sobre as fotografias emolduradas na parede do bar. Pessoas. Fotografo muitas coisas em meu trabalho, mas pessoas são o que realmente gosto. Quando viajo, gosto de fotografar a natureza. Tenho a oportunidade de explorar outras possibilidades, outros enquadramentos.

Ficam os dois a se olhar, ela menos séria, aparentemente mais solta. Eu costumo tirar muitas fotos quando viajo. Acho que hoje em dia todo mundo tira muitas fotos, mais do que é capaz de apreciar depois, você também não acha? Ele movimenta a cabeça em concordância.

Eu sempre fotografei muito, mesmo quando se usava filme e as pessoas tinham o hábito de revelar as fotos pra fazer álbuns. Acho que o que mais gostava, quando se usava filme, era tirar a foto e não saber o resultado, aquele tempo de espera, a expectativa ao abrir o pacote do laboratório no final das férias. Gostava também da minha antiga câmera, era uma Pentax, inteiramente manual, demorei a me desapegar dela. Cheguei a brincar com uma dessas, meu pai tinha uma. Ela se dá conta de que talvez ele seja mais jovem do que supusera no início.

Estou parecendo um ser vindo de uma era distante, não? Você talvez não sofra desse tipo de saudosismo. Não, não sofro, ele responde rindo. Quantos anos você tem?, ela pergunta. Vinte e cinco. Eu tenho catorze anos a mais que você, ela confessa. Acho que já estou meio velha pra um lugar como esse. Algumas das colegas do trabalho que estão aqui comigo também têm mais ou menos a sua idade... Você não parece ter a idade que tem. E salientando as palavras, continua. Você parece ter... trinta e sete. Ela se espanta, então ri da insolência, da permissividade que de repente se abre entre eles. Não esperava um elogio como esse, ela diz irônica. Em meio ao riso, ele põe-se sério. Você... ele demora a prosseguir, como se assim assinalasse o instante. Você é uma mulher atraente. Ela se detém, não encabulada, mas tentando decifrar o que falam os olhos dele.

Eu estive casada por treze anos, me desacostumei a frequentar lugares como esse. É bastante tempo pra se estar com alguém, ele comenta. Depende da perspectiva, pra você que tem 25, provavelmente é. Rogério segue olhando para ela. Agora acho que entendo a luz e a sombra, ele diz. Ela não esconde um certo abatimento.

Que bom que você também viu a luz, não é? E em meio aos olhos tristes, entrega-lhe um sorriso doce, fugaz.

Eu nunca fiquei muito tempo com alguém, ele diz de repente. Vai ver é porque você ainda não se apaixonou de verdade, ela devolve, quase como uma pergunta. Eu não sei se acredito muito nisso. No que você não acredita? Na paixão? Como você pode não acreditar nela? Ela parece perplexa. Você não fala sério. Ele dá de ombros.

E vale a pena?, ele pergunta, quase como uma provocação. Ela retarda a resposta. Toma a cerveja devagar. Parece refletir. A fala normalmente lhe sai ágil, mas agora ela parece não ter pressa em responder. Talvez você espere que eu diga que não vale, afinal, é doído demais quando termina. Ela faz uma pausa. Não disfarça o sentimento apertado a verter nos gestos. Seria um lacrimejar contido ou simplesmente a resplandecência no olhar? Rogério não pode bem distinguir. Ela continua, as mãos então contidas se põem em movimento. Entrar e sair de relacionamentos sem estar apaixonada pode ser de uma leveza sedutora, hein... Correr como um rio. Mais leve ainda, como brisa. Mas eu não me contento em tocar a superfície, sabe. Quero atravessar veias e artérias, ir com o corpo, o pensamento, pulsar junto. Acho que não se vai assim fundo sem estar apaixonada. Você acha?

Para ele, que julga tolos os apaixonados, aquela fala parece um tanto sentimental. Talvez devesse confessar que era daqueles que preferiam a leveza, mas não responde. De repente está ali, engolfado pelo semblante de uma mulher que, até uma hora atrás, ele nunca tinha visto ou conversado, tomado não pelas palavras, mas pela centelha. De repente a cintilação era lenha em brasa, ardendo nos olhos dela. Rogério pensa que ela parece então mais bonita do que antes.

Uma das amigas dela acena a mão, chamando-a. Espere um momento, ela diz. Volto já, ok? Quisera que o tempo tivesse transcorrido lento, sem o corte brusco, desnecessário. Se não tivesse o olhar treinado, o instante já teria lhe escapado. Era isso o que ele fazia. Capturar os instantes.

Quando ela retorna, diz que já vai, está de carona. Ele pede seu telefone. Me dê o seu, ela devolve resoluta. Porque o fato de não ter de esperar por uma mensagem lhe dá a aparente sensação de controle que, de verdade, ela sabe bem que não tem. Ele lhe dá, um tanto quanto perturbado, porque de repente ela se coloca na posição que normalmente seria a dele. Agora preso a uma esperança que não sabe se quer para si.

Eu ainda não sei seu nome, ele diz. É verdade, não te falei. Que engraçado conversarmos tanto tempo sem saber o nome um do outro… É Gabriela.

Ela, na sua fala segura, apresentara-se como estava, sem temer suas fragilidades. Não tinha o brilho festivo, artifício de alegrias forjadas, antes olhos melancólicos, como se não temesse expor seu desamparo. Não prometiam o encantamento, tampouco pareciam implorar afeto. Ali, à meia-luz, ele a vira nítida, transparente. Não admitiria a si mesmo, mas entre idas e vindas, atravessaria-lhe repetidamente o pensamento nela.

***

Quanta energia desperdiçada desferindo duros golpes, diálogos imaginários. Ferir é revolver a própria ferida, Gabriela agora descobria. É preciso criar espaço entre a faísca e o fogo, lembrava do mestre ter dito. Ilusão achar que se pode recolher a raiva a um canto. Tamanha simplicidade que ela parecia começar a entender só então. Sim, era preciso estar naquele espaço em que lampejavam as primeiras labaredas. Aprender a fazer bom uso daquele fogo.

Ela não esqueceu que o número dele estava ali em seu celular. Em um momento impulsivo, quase enviou uma mensagem, mas desistiu. Depois, procurou não pensar mais nisso. Tinha gostado de estar com ele, mas não estava segura de que queria ir além disso. Ultimamente não estava certa de nada. Prendia-se à rotina dos dias porque isso era o pouco que lhe assegurava a aparente sensação de estabilidade.

Duas semanas se passaram, perdeu-se em jornadas exaustivas no trabalho, o sono escasso, coisas espalhadas pela casa, lembrando-a que precisava parar. No sábado acordou pensando que, ao invés de se repetir, deveria se reinventar.

Olhou-se no espelho e não gostou do que viu. Precisava se cuidar. Tinha de fazer algo radical. Cortar o cabelo? Não, algo mais significativo. A ideia louca a contagiou. Embriagada por ela, jogou coisas fora, brindou à impermanência. Já havia tentado outras vezes e desistido. Seria forte o bastante? Teria de ser.

Gabriela recostou-se na cadeira da varanda. Dali podia avistar o conjunto de prédios da vizinhança, alguns rasgos na paisagem ofereciam a vista de um horizonte mais distante. Um filete de sol alcançava a cadeira e os vasinhos pendurados sobre o gradil.

Aquele seria um momento importante, ela pensou. Na verdade, queria fazê-lo assim, porque estava convencida de que, para romper com a inércia dos dias, era preciso estabelecer grandes marcos e tinha de mostrar a si mesma que podia deixar as coisas irem.

Quantas vezes não desejara se encobrir pelas nuvens que produzia? O lume que a capturava em instantes rarefeitos. Quantas vezes o ato contínuo ocupara suas mãos? Ela pensou no mestre lhe dizendo, fume agora, simplesmente. Sim, ele diria isso. E então, fumou. Saberia discorrer sobre o gosto amargo em todas as suas nuances. Da fumaça soprada para cima, misturando-se aos pensamentos. Saberia daquele cheiro que a impregnava. Afinal, era um momento solene. O seu último cigarro.

***

Laura ligara para ele dizendo que o curso já tinha terminado, que ia tomar um café com Sofia, poderia esperá-lo ali ou chamaria um táxi, se ele achasse que ainda levaria muito tempo. Sairia do trabalho em meia hora, Marco supunha. Besteira chamar um táxi, se estavam ali tão próximos um do outro. No final, acabou levando bem mais que o previsto, mas elas não pareciam preocupadas. Laura tinha pedido algo para comer, as mãos gesticulando ágeis, como normalmente se punha no entusiasmo de uma conversa. Ele entrou cansado, sem a intenção de se demorar ali. Tivera um dia longo e não podia disfarçar o abatimento, mas trazia no rosto um sorriso, desenhado para denotar um mínimo de simpatia. Costumava ser um sujeito educado e isso parecia imperativo sobre o cansaço. Acontece que o sorriso dele esbarrou no de Sofia, janela aberta entre paredes. Como não sentir a brisa? Depois, tomado pelo abraço afetuoso de Laura, sentou-se, as linhas do rosto mais brandas, a respiração se fazendo ampla. Sentiu que tinha fome, acabou por pedir algo. A impaciência, aos poucos, lhe deu trégua, na companhia das duas se distraiu, deixou-se ficar mais tempo do que o esperado.

Não conhecia bem Sofia. Quantas vezes a vira? Três ou quatro vezes, conversas breves, assinalando a despedida de um encontro entre elas. Mas ouvia Laura falar dela, ultimamente de forma mais recorrente, e ficava com a impressão de já conhecê-la de algum modo. Achava-a bonita de um jeito que não saberia explicar. Uma beleza diferente da que tinha Laura, com seu brilho e fala sedutora. Gostava do jeito com que Laura contava suas histórias, mesmo quando para ele já se tratava de algo conhecido. Ela as enchia de vivacidade, as imagens lhe preenchiam os olhos. Sofia tinha uma narrativa distinta, falava devagar, punha-se reflexiva, quase a pensar em voz alta. Fazia pequenas pausas, como a deixar que pensassem com ela. Laura aproveitava os espaços, vertia suas ideias e opiniões com aquele vigor que lhe era próprio, mas por vezes também se fazia quieta, ouvindo Sofia, os olhos pousados nela. As voltas de Sofia lhe traziam inquietação, também um certo fascínio. No fundo, os questionamentos dela, escancarados e sem receios, punham-no também a pensar.

Ela percebia nele o apuro, pensando que uma conversa sempre seria melhor desse jeito, sem a necessidade de extrair a ideia pronta. Porque assim, fazia germinar algo que não era propriamente dela, mas deles.

***

Como foi mesmo que ela conheceu o Luiz? Sim, Gabriela se lembrava de que fora no aniversário de uma amiga, mas não era bem isso que se perguntava agora. Não era sobre aquele primeiro olhar, ou talvez as primeiras palavras, seria melhor dizer. Porque ele travava uma discussão acalorada, e ela, entusiasmada com as ideias que ouvia, virou-se para ver quem era o sujeito de fala tão penetrante. Quis intrometer-se na conversa, conhecer aquele homem com quem momentaneamente parecia partilhar o pensamento e uma determinada postura diante da vida. Sabe que não seria exagero dizer isso. Quantas vezes depois as palavras dele, eloquentes, sinceras, a tinham tocado, os olhos resplandecentes numa admiração genuína.

Também ela o encantara com suas ousadias, o jeito de quem não se intimidava. Onde foi que lhes escapara o brilho? Ah, mas não queria mais uma vez chegar ao fim. Queria investigar o começo. O que os levara ao enlace? Seria paixão acidental? Pura coincidência, acaso? Ou, como um cálculo matemático preciso, as suas vidas confluindo naquele exato dia e instante?

Talvez houvesse mesmo isso que chamam de destino. No entanto, submerso entre as reações em cadeia, haveria sempre o livre arbítrio. Nos esbarrões da vida, uma coisa seria imprescindível para o encontro efetivo: a vontade. Ao entender o início, parece que então se entendia o fim. O fim chegou quando deixamos de querer, não foi, Luiz?

***

Sofia foi buscá-lo no aeroporto na sexta à noite. Ele normalmente pegaria um táxi, como era habitual, mas ela quis fazer-lhe um agrado. Queria simplesmente estar perto, sentindo falta de uma refeição partilhada, o estar junto nas coisas simples.

O apartamento de Miguel era pequeno, ainda menor que o dela, mas rigorosamente organizado, o que fazia o espaço parecer maior. Sofia achava que caberia bem alguma desordem, apenas para fazer a casa parecer habitada e não um local temporário onde ele ficava entre uma viagem e outra.

Sabia que, depois de duas semanas ausente, a geladeira dele estaria vazia. Gostava de lhe fazer pequenos mimos e comprara algumas frutas, pão, comidinhas que beliscariam ao chegar. Conversaram, assistiram juntos a um filme, dormiram.

Ele gostava de tê-la ali, só não gostava de como ela se esparramava pela cama, roubando o cobertor. Sofia se desacostumara a dormir junto, fazia-se demasiadamente espaçosa. Talvez ele também estivesse desacostumado a estar junto, dono do seu próprio lugar, as coisas excessivamente ordenadas, planejadas. Ela ficava imaginando como era quando as meninas vinham vê-lo. Uma casa com crianças não se mantinha muito tempo arrumada, e a dele quase sempre estava.

Sofia acordou com o cheiro de café sendo passado. Pensou em se levantar, mas tinha preguiça. Miguel logo veio despertá-la e achou bom que tivesse esperado. Fingiu-se de adormecida e ele a provocá-la. As mãos lhe percorrendo o corpo devagar, depois a boca em seus mamilos. Deixou que a despisse, então tirou-lhe a roupa, queria sentir a pele dele sobre a sua.

***

Gabriela viera até a casa dela e conversaram como há tempos não faziam. As duas se abrindo devagar. Paula, com sua voz embargada, a revelar lamentos e inquietações que pareciam intransponíveis entre as paredes que ela mesmo erguera. Era difícil falar do amor quando ele não ia bem.

Ela temia que isso se tornasse preâmbulo para uma partilha de desilusões, mas não fora assim. Dizer as coisas, se não lhe trouxe clareza, ao menos tirou algum peso. E ouvindo Gabriela, pegou-se numa alegria rasteira, num suspiro prolongado, vendo que os desfechos, ainda que tristes, podiam abrir caminhos inesperados. Gabriela havia parado de fumar. Gabriela agora tentava meditar. E ela, o que deveria fazer?

Paula não entendia esse silêncio de que falavam os livros e os mestres, e no qual Gabriela parecia tão particularmente interessada. Tão abstrato esse momento branco, imaculado de ideias. O silêncio para ela era a contenção, a reprimenda, a interrupção. Encontrar o caminho, buscar a solução, desfazer os nós e mal-entendidos seria sempre bradando sua voz, falando com jeito, buscando as melhores palavras. Mas agora ela se calava. Era inútil, não era? Não sabia como lidar com o fato de que não tinha controle algum.

Como achar o silêncio em si mesma? Não a fala cortada, o riso pela metade, a fúria contida. O silêncio de quem desfruta, digere e compreende.

***

Sofia estranhou que ela ainda não tivesse chegado, Laura raramente faltava a um encontro e a simples ideia de que poderia não vê-la já a abatia. Depois voltava a si, julgando-se de um exagero desmedido. Talvez ela não venha hoje, mas virá na próxima semana, pra que essa afobação? Não sabia a resposta, mas o diálogo interno tampouco era capaz de abrandar o anseio.

Sofia conversava com outras pessoas, mas com o olhar atento, na expectativa de que Laura aparecesse. Ela entrou minutos depois, ofegante, pedindo desculpas ao professor por chegar já passada a hora. Deu uma olhadela rápida para Sofia, retribuiu-lhe um sorriso. Sentaram-se em cantos opostos, só conseguiram se falar ao final.

Achei que não viria hoje, disse Sofia. Fez que ia continuar, mas se deteve. Laura nunca deixava de lhe corresponder aos afetos, mas parecia agir sempre de forma tão ponderada. Os seus passos tão certos, a fala bem dosada, o bom humor e a malícia escapando na medida. Em Sofia, os sentimentos como lava jorrando. Às vezes tinha medo de parecer intrusiva com seus excessos.

Meu carro estava no mecânico. Achei que ficaria pronto hoje, mas não. Ao final, vim pra cá de táxi, mas me atrasei um tanto. Posso te dar uma carona de volta, ofereceu Sofia. Laura não queria incomodá-la, mas Sofia insistiu. Alguém do curso parou para falar com elas e, no decorrer da conversa, Laura pediu licença para fazer uma chamada. Acabei de falar com Marco, ela disse, enquanto desciam as escadas e caminhavam à saída. Estou te devendo um jantar, e como você vai me levar até em casa... O que você acha? Eu não sou tão boa cozinheira como você, mas gostaria de fazer algo. Sofia sorriu. Gostava quando ela a surpreendia assim. Convite aceito, respondeu sem hesitar.

Já no carro com Sofia, Laura começou a contar sobre uma viagem que fizera anos atrás com Marco, ora interrompia a própria fala, dando indicações do caminho. Falava com vivacidade, os olhos brilhavam, a voz oscilava, criando imagens vívidas. Era habilidosa com isso. Sofia se sentia dentro da história. Não sabia se Laura carregava nos fatos, mas as situações inusitadas lhe traziam um riso fácil, divertia-se, queria saber mais. Não demoraram muito a chegar, o trânsito fluía livre àquela hora. Vire aqui à direita, estamos quase chegando. Pode parar aqui, é essa casa da frente.

Sofia estacionou o carro e desceram. Cruzaram o portão e atravessaram um jardim na entrada. Laura abriu a porta e pediu que a esperasse na sala, ia avisar Marco que tinham chegado. De longe vinha o som de uma música tocando baixinho e Laura pôs-se a cantarolar. Sofia nunca a tinha visto cantar antes. Gostou de escutar a voz dela, macia, melodiosa, reverberando ainda, enquanto se distanciava. Ficou ali observando sem pressa os objetos da casa, como a descobrir, assim como nos poemas, os vestígios daqueles que a habitam.

Marco entrou na sala acompanhado de Laura, parecia mais desprendido, a mover-se com brandura, numa docilidade com que Sofia não estava acostumada.

Ela estava olhando para algumas fotos e voltou-se para cumprimentá-lo. Esses são seus filhos?, disse apontando para os quadros na parede. Sim, essa é a Marina e esse o Renato. Essa foto é um pouco antiga, a mais recente é aquela ali, tiramos ano passado. Ah, que bonita você está aqui, Laura, Sofia comentou olhando para uma outra foto dela. Estava bem jovem, os cabelos ainda mais louros, compridos. Eu sou suspeito pra dizer, Marco riu, acariciando o braço de Laura. Você também está bem bonito nessa, Sofia continuou, deparando-se com a foto dele também mais moço.

Sofia deixou suas coisas numa mesinha, pediu para usar o banheiro, depois se deteve em outro conjunto de fotos, antes de atravessar a sala e encontrá-los na cozinha, seguindo o caminho indicado por Laura. Ela separava alguns ingredientes, Marco estava arrumando a mesa. Pensei em fazer um macarrão. Nada sofisticado, molho ao sugo. Você gosta? Sofia fez que sim com a cabeça. E no que eu posso ajudar?

Temos manjericão lá nos fundos, vou buscar. Vem comigo, ela disse. Está tudo um pouco escuro agora, mas quero mostrar nosso canteiro. Pegou uma tesoura e saiu pela porta lateral, Sofia a seguiu. Que espaçoso seu quintal. Não dava mesmo para ver muita coisa, mas Sofia ficou pensando em como seria bom sair de casa e pôr os pés descalços sobre a grama que havia ali. A brisa trazia o cheiro da dama-da-noite. Sofia se aproximou do canteiro, mordiscou umas folhinhas de alecrim. Pediu para cortar um raminho. Depois, deixou as mãos correrem sobre o canteiro de alfazemas. Entraram de volta na cozinha, o perfume do manjericão se espalhando no ar.

Marco encontrou uma garrafa de vinho e lhes serviu. Ficaram conversando e bebendo enquanto preparavam o jantar. A bebida deixou Sofia mais falante. Marco, de cansado, pôs-se leve. Laura movia-se inquieta, preparando a salada, procurando azeitonas na dispensa, cortando os tomates. Como você é rápida, Sofia comentou. Num piscar de olhos, os tomates já se dissolviam na panela. Quando ela está com fome é assim, Marco comentou num gracejo, enquanto colocava água na panela para ferver.

Sofia oferecera ajuda, mas não sobrara muito o que fazer. Observava-os, a intimidade deles se desvelando sutil, o jeito com que dividiam os espaços, a taça de vinho, a mão dele a acariciar a dela, enquanto ela espiava a panela fumegante. O molho já está quase pronto, ela disse. A massa também deve estar. O vinho os embriagando lentamente, o aroma como uma provocação. Marco e Laura comeriam com voracidade, mas Sofia parecia contê-los. Ainda não havia tocado o prato, desnudando-os com o olhar. Marco fechou os olhos, como a depurar o olfato, Laura, nas primeiras garfadas, lambia os lábios discretamente. Ficaram os três num silêncio demorado. Acho que ficou bom, não? Laura então perguntou. A conversação interrompida como indício. Voltaram depois a falar, Marco contou algo engraçado que lhe sucedera no trabalho, deram algumas boas risadas.

Olhando o molho remanescente, a ideia de correr o dedo sobre a bordinha do prato atravessou os olhos de Sofia. Marco, olhando para ela, riu, como se lhe adivinhasse a intenção nos seus ares de menina.

Laura, pegue um pedaço de pão pra Sofia. Demoraram-se à mesa, pratos vazios, mas não saciados do encontro. Já era tarde, Sofia achou que logo deveria partir. Laura disse que esperasse, tinha tomado mais que uma taça de vinho, melhor que ficasse um pouco ainda. Ela de verdade não queria que Sofia partisse. Vocês querem uns chocolates?, propôs. Levantou-se, indo em direção à sala para buscá-los.

Marco olhava para Sofia e a tocou de leve nas bochechas. Ela tinha a pele tão alva e se havia posto rosada. Ah, que vergonha, mal posso esconder… O rosto ardendo, sem saber se era mesmo o vinho ou aquela aproximação inesperada de Marco que intensificara o rubor. Laura está demorando, não? Vamos atrás desses chocolates, ele disse, levantando-se e estendendo-lhe a mão. Laura já vinha chegando. Sugeriu que se sentassem na varanda, estava mais fresco. Passou a caixa de bombons a Sofia. Difícil escolher, todos parecem tão bons. Eu já sei meu favorito, Marco se aproximou, pegando o seu. Laura também chegou mais perto e escolheu o dela. Vocês são muito decididos. No meu caso, o jeito vai ser escolher mais de um.

Laura tinha tirado os sapatos e estendido os pés sobre uma cadeira. Marco se aconchegou no banco ao lado dela. Boa ideia virmos pra cá, disse Sofia. Está vindo um vento tão bom. Ficaram longos instantes ali, contemplativos. Sofia degustando lentamente o chocolate. Do que você está rindo?, Sofia perguntou a Laura. De vocês dois comendo bombom. Marco devora o dele em uma bocada, Sofia. Você está com o seu aí há horas e ainda não pegou o segundo.

Sofia parecia reticente, fez que ia falar, depois interrompeu a fala, esperando o chocolate derreter na boca. Talvez seja só uma tentativa de perdurar o prazer, disse. A textura suave se dissipando, deixando então apenas a lembrança persistente, notas de leve doçura frutada.

***

Quando chegou, a sala já estava cheia, rostos familiares em sua maioria, amigos em comum. Gabriela tinha prometido visitá-los naquela noite, estava há tempos ausente, temerosa de um possível encontro com Luiz. Cumprimentos, breves conversas, algumas apresentações, e então, sem que desse conta, puseram-se frente a frente. Ela, aturdida, ele, ainda mais.

Vocês já se conhecem? Paula estava curiosa. Não se lembrava de terem se encontrado ali em sua casa antes. Sim, já nos conhecemos, respondeu Gabriela com um sorriso. Rogério, não é?, ela não se esqueceria. Apesar de não ter ligado, guardara o contato em seu telefone. Eu não me lembro do seu nome, ele confessou. Gabriela não estranhou que ele não soubesse, tanto tempo se passara. Ela percebeu que ele estava acompanhado de uma moça de traços delicados, olhos claros como os dele. Também não estranhou que tivesse com companhia, ele era atraente e ela não o tinha procurado. Trocaram algumas palavras, depois Gabriela foi em direção a um grupo de conhecidos para cumprimentá-los.

O acaso parecia incitá-los. Gabriela achava engraçado descobrir que ele era colega de trabalho de sua amiga mais próxima. Conversando com um casal no canto oposto da sala, não podia deixar de lhe voltar a atenção. Agia com discrição, mas ele a notava, também a observá-la. Por fim, se aproximou dela enquanto escolhia alguns dos petiscos dispostos sobre a mesa.

Você e a Paula, há quanto tempo se conhecem? Faz muito tempo, desde a adolescência, moramos no mesmo prédio. E vocês? Faz mais ou menos um ano, quando comecei a trabalhar na agência. Eu pensei que você fosse enviar uma mensagem, ele disse, deixando-a, de certo modo, surpresa. Também ela se punha em posição de lhe dizer as coisas com franqueza. Eu ia, mas acho que demorei demais, não?, falou, olhando em direção à moça que o acompanhava. É sua namorada? Ainda não sei bem, ele respondeu, estamos há pouco tempo juntos.

Eu gostei da nossa conversa aquele dia, ela de repente falou. Eu também. Talvez você tenha feito bem em não esperar. O quê? Em não esperar que eu chamasse, respondeu delicada, mas com sinceridade intempestiva. Ainda não estou certa de querer começar um relacionamento, confessou.

Ele parecia não se abalar, tinha um ar provocador. Poderia ser apenas um encontro... Um encontro? Gabriela tampouco oscilava, olhando fixamente para os olhos dele, ferinos, maliciosos. Você sempre pensa bem nas palavras que usa, não é? Que sutileza, ela disse, irônica. Não, não poderia, prosseguiu, rindo. Seria um desperdício, eu acho. Rogério olhava para ela intrigado, sem entender bem o que dizia, um pouco perplexo.

Você é interessante e bonito demais pra uma noite apenas, Rogério. Ele riu, tentando disfarçar a surpresa. Não pensou que ela seria tão ousada. Hesitou por alguns instantes, sem saber bem como continuar e o que seria mais apropriado dizer. Amigos, então?, ele perguntou. Ela meneou a cabeça, sorrindo. Vamos combinar um almoço um dia desses, eu trabalho perto de vocês. Dessa vez não vou demorar pra chamar.

Luz e sombra, ele pensou. Como ela podia dizer a um só tempo que o desejava sem desejar?

Ele não chegara de verdade a acreditar que Gabriela faria contato, e quando a mensagem dela veio, ficou atônito por uns instantes, lendo e relendo um texto que não chegava a duas linhas. Encontraram-se alguns dias depois. Seus horários de almoço não batiam e optaram por um jantar. Ela propôs um japonês perto do trabalho, ele gostou da ideia. Recoberto de expectativas, moveria--se com cautela. Também ela sabia que pisava em terreno incerto. Mesmo em meio a tantas reservas e ponderações, aproximaram-se com uma familiaridade não usual, talvez porque a conversa entre eles passara a ser tão interessante quanto a possibilidade da conquista, talvez porque compartilhassem uma curiosidade mútua em relação ao outro. Assim, iam se embrenhando em território alheio, percebendo-se diferentes e, de repente, tão próximos. Em Rogério a predisposição para a aventura a tocar algo adormecido nela. Ele, cativado pela franqueza dela, por seu jeito maduro, falando com naturalidade de coisas pessoais, aparentemente banais, mas que, para um observador atento como ele, lançavam luz ao interior ainda não descoberto.

Na saída, um vento de chuva. Será que chegamos ao carro em tempo? Não sei, ele respondeu, quase indiferente, como se não se preocupasse com o temporal por vir. Onde está seu carro? A duas quadras daqui, ela disse. O meu está aqui perto, mas eu acompanho você. Mal saíram e começaram os primeiros pingos. Seguimos?, ele perguntou. Acho que sim, está calor, né? Alguns poucos passos e gotas abundantes já caíam sobre o asfalto. Ela sorriu para Rogério. A chuva como celebração. Enquanto a rua se esvaziava e os guarda-chuvas se abriam, eles caminhavam despreocupados. As poças acumuladas nas calçadas como obstáculos de uma brincadeira de criança. Em Gabriela a voz da irmã ressoando a anos de distância... Agora só vale pisar no branco.

Aquele ali é meu carro, ela apontou. Atravessaram a rua e pararam diante dele sem saber o que dizer um ao outro. A chuva prosseguia, mas já estavam molhados, não havia pressa. Rogério resistindo, mas ele tinha de dizer. Você está linda, sabia? Eu não posso estar linda assim. Ele riu daquele jeito dela, durona, os elogios nunca a lhe caírem fáceis. Não retrucou. A verdade é que não tinha olhos para os cabelos em desarranjo, senão para o sorriso dela, perdurando entre as gotas que escorriam pelo rosto.

Ele se aproximou de Gabriela, e não propriamente para se despedir. Tocou o braço dela de leve, o quente da mão sobre sua pele. Ficou olhando para ela, os dedos deslizando numa carícia. Gabriela, abrupta, salpicou um beijo no rosto dele. Já tinha a chave do carro nas mãos, abriu a porta e entrou, agradecendo o jantar e dizendo que há tempos não tomava chuva em tão boa companhia.

Gabriela pensava em como era estranho se encontrarem ali, não por ele, com seu porte atlético, mas por ela, desprovida de qualquer preparo, aceitando aquele convite inusitado. Sim, vamos correr, ela disse. Refletia agora se não se excedia, se não se precipitava na sua sede do mundo. Percebia que ao lado dele se via tomada de impetuosidade, um expandir de asas, enquanto avistava grandes descampados.

Rogério falava com tranquilidade, ela, monossilábica, não por faltarem as palavras, mas o fôlego. O coração na boca, a resistir um pouco mais. Ver as pessoas ali em movimento remetia a uma sensação de liberdade, o vento as impulsionando, a aparente leveza dos pés em cada passada. A verdade expressa no seu corpo, porém, era o peso, o ar que lhe faltava. A liberdade exige esforço, ela pensava. Arfava, ciente de que levava consigo outros pesos, imateriais, mas também o prazer. O suor escorrendo pela testa a lembrá-la do fogo.

Sua semana recoberta por sentimentos intensos. Escavar a mente dificilmente traz respostas, senão mais perguntas. Chega em casa cansada, toma um banho demorado, depois abre uma garrafa de vinho. Procura na geladeira algo para comer. Vai até a sala e, antes de ser tomada pelo ato irrefletido de ligar a TV, deixa-se ficar por instantes respeitosos diante do branco das paredes. Come um pedaço de pão devagar, desfruta o vinho naquele silêncio quase solene. A lucidez das horas tardias. Recolhida em sua casa, as paredes subitamente se alargam. Ela então percebe que é possível se sentir assim, tão forte e tão vulnerável.

Gabriela subira até o apartamento pensando em encontrar Paula, mas foi Felipe quem abriu a porta. Paula acabou de me ligar, teve um imprevisto no trabalho e acha que vai demorar. Não tem problema, eu ia apenas devolver isso a ela, papear um pouco. Vem, entra, ele disse. Vamos conversar. Faz tempo, não é? A constatação do afastamento trazia certa nostalgia. Vamos comer algo, você não deve ter jantado ainda. Eu comprei umas coisas e ia esperar a Paula, mas pelo visto ela não chega logo.

Fazia tempo mesmo que não conversavam os dois. O fato de ela ser amiga de Paula e ele de Luiz parecia haver criado entre eles um território limitado para suas narrativas. Falariam com entusiasmo do último filme visto, do trabalho, de projetos pessoais, e até se arriscariam a expor fatos corriqueiros de seus relacionamentos, mas sem nunca penetrar temas mais delicados. Nos últimos meses, Gabriela se aproximava de Felipe, quase sempre temerosa de que ele fizesse qualquer menção a Luiz. Recolhida em sua dor, tinha que fazer de conta que Luiz não existia. Agora, talvez pudesse chegar a pensar ou falar dele sem que o mero pensamento a carregasse numa fúria irrefreada.

Engraçado que ali, entre palavras despretensiosas e algumas risadas, uma cumplicidade inusitada os tocasse de repente. Você sente muita falta dele? Talvez Luiz quisesse saber por ele como ela estava. Talvez devesse mostrar-se forte. Talvez... Ela adiava a resposta, pensando se valia a pena fingir o que sentia. Felipe tinha os olhos sérios, até meio tristes, ela notara. Talvez fosse apenas o seu amigo diante dela, querendo entender como ela estava. Sabendo que pisavam em solo proibido, ela se pôs a falar. Tantas coisas, aqueles sentimentos todos que só agora se dava conta de poder articular. Poderia continuar por mais tempo, mas percebia que aquela pergunta podia ser a abertura para que ele falasse também. Você consegue se imaginar sem a Paula? No vazio da resposta ainda em suspenso, Gabriela imaginou que ele criaria diferentes cenários e possibilidades. Mas essa seria ela respondendo, não Felipe. Mesmo incerto dos próprios passos, tão mais direto aquele homem. Não, não consigo me imaginar sem ela. E nisso parecia absolutamente certo.

Permaneceram quietos os dois, os olhos se desviando, Gabriela pensando na fala dele, Felipe maturando o próprio pensamento. Às vezes, nas nossas discussões, não suportamos estar ao lado um do outro, ele confessou. Em alguns momentos me afasto, porque sei que me excedo. Paula acha que sou insensível. No outro extremo, ela se desfaz por qualquer coisa. Gabriela escutava. Deixou que ele falasse mais, mas Felipe parecia ter transposto o oceano nas palavras escassas de quem aprendia agora a expor os próprios sentimentos.

Você anda muito triste, não acha? Ele demorou a responder. Costumava te ver sorrir mais vezes, ela continuou. Talvez sim. Antes era bem diferente, eu vagava por ondas tranquilas. Estamos os dois quebrados, não é, amigo? Ele tentou sorrir, mas não conseguiu. As pessoas me perguntam como estou e não sei responder "tudo bem" e seguir adiante. Sei que a Paula às vezes não me suporta assim. Ela insiste, se compadece, quer fazer algo. Ou pior, me convencer de que eu não deveria estar assim, como se fosse uma questão de convencimento. O que dizer? Ela só podia olhá-lo e escutá-lo, porque as palavras de conforto pareciam supérfluas.

Sabe, eu fico imaginando o que tem aí na sua cabeça, Gabi. Coisas que você gostaria mesmo de me dizer. Cara, você tem que se mexer, ele falou, gesticulando e imitando o jeito dela. É isso, não é? Gabriela riu. Os dois riram. Como é que eles podiam rir? Mas era isso. Só ele mesmo pra sair de onde tinha se metido.

Rogério me contou que tem visto você, Paula não demorara a soltar o comentário. Talvez só não tivesse dito aquilo de cara porque esperara Felipe sair da cozinha, deixando as duas a sós para a conversa entre meninas, como ele costumava dizer. Não tinha contado muito a Paula sobre Rogério, tirando aquele dia do encontro inusitado na casa dela. O que podia dizer sobre ele? Que era bonito, bonito até demais, às vezes pensava, o que poderia ser um problema para o ego. O dele, principalmente, mas também o dela. Que ele talvez fosse jovem demais pra ela, mas que gostava do seu destemor. Que era um sedutor, sim, Paula não precisava preveni-la sobre aquilo, como se ela fosse uma garotinha desprotegida e inocente e não pudesse ver com os próprios olhos. Uma mulher carente poderia dizer, isso sim, talvez desejosa de um novo amor, mas não facilmente adulada por sorrisos maliciosos. Também ela sabia sorrir assim.

Que não, não havia acontecido nada entre eles, mas também havia acontecido muitas coisas. Que agora estavam se vendo quase todas as semanas. Para correr, sim, aquilo não era uma piada. Ela estava correndo de verdade, como poderia imaginar isso meses atrás? Que morria para poder alcançá-lo e até que isso era bom, porque estava aprendendo também a escutar mais, porque enquanto corria mal podia falar. E, ah, ter os olhos dele sobre ela... Como isso não poderia ser bom, hein, Paulinha? Acho que posso resistir. Na verdade estou bem segura de que posso. A pergunta é outra. Será que devo?

Paula ressabiada, deixando escapar uma ironia ligeira. Acho que vim alertar a pessoa errada, melhor dizer a Rogério que se cuide, então, não é? E as risadas eclodiam da cozinha até o quarto, onde Felipe ainda planava, sob o efeito das palavras atiradas e algum encantamento qualquer.

***

Havia dias em que o pequeno apartamento em que vivia com a mãe se fazia grande. Carla gostava de vê-la afobada, envolta nos preparativos. Se punha em festa de estar entre amigos e recebê-los ali. Fique aqui em casa essa noite, ela pedira. Você só viu Miguel uma ou duas vezes e tem uns amigos meus que quero que conheça. Nina e Léo também virão. Sofia sabia o quanto Carla gostava dos dois. Além do que, vou cozinhar algo de que você gosta. E essa era a apelação máxima para que ficasse. Suas amigas a tinham convidado para sair, mas ela ainda estava em dúvida se iria. Por fim, decidiu ficar e ajudar. Talvez fosse sério o namoro, pensou, ou a mãe não insistiria tanto em que ficasse.

Na realidade, Sofia só a queria mais perto porque, à medida que crescia, se desgarrava e ela custava um pouco a deixar sua menina ir. Distribuiu algumas tarefas para Carla, pediu que arrumasse a mesa enquanto recolhia livros espalhados pela sala e um caderno com seus escritos, esquecido num canto. Tinha comprado rosas e as arrumou num vaso. Buscou a toalha, procurou por guardanapos e porta-copos. Entrou e saiu da cozinha diversas vezes, pensando se não se esquecia de algo.

Miguel chegou quando ela terminava o banho. Ouvira a campainha tocar, mas Carla poderia atender. Que tivessem um tempinho só os dois, a ver como se saíam. Miguel não teria dificuldade com isso, pensava. De longe, os escutava, a conversação truncada, pondo Sofia a rir-se. Coitadinho do Miguel, ponderando cada palavra, tentando de mil modos cativar a Carla. Imaginava-a em seus silêncios, a medi-lo sem disfarces, sem facilitar o caminho. Miguel também que não exagerasse, que se punha excessivo na sua tentativa de agrado e essas coisas vêm com o tempo, ela julgava. Melhor que não se retardasse. Entrou na sala, libertando-o do apuro. Trouxe à baila um assunto que lhes era comum, numa tentativa de aproximação.

Carla os deixou a sós, foi se arrumar. Longe dos seus olhares, eles se entregaram em beijos e carícias, ao calor do reencontro, que era sempre bom. Depois de dias de distanciamento, Sofia vinha com sua fala abundante. Nada de muito especial havia acontecido, nada que despontasse de diferente, mas nela uma alegria despretensiosa. Não sabia se Miguel captava a essência das suas palavras. Ela às vezes tão cheia de sentimento, e ele a esperar que algo mais transcorresse em seu discurso, porque pareciam lhe faltar os fatos.

Carla demorou a voltar para a sala, deslocada ali entre a mãe e Miguel. Para seu alívio, Nina e Léo logo chegaram, a casa se enchendo de som e de riso. Carla se desprendendo, o próprio Miguel mais à vontade, Nina e Sofia trocando confidências. Um pouco depois chegariam Laura e Marco. Carla ouvia tanto sobre eles, principalmente sobre Laura. Sim, ela sabia que seriam eles quando a campainha tocou, talvez soubesse só de olhar para a mãe, os gestos apurados, de quem não consegue conter a excitação.

Laura abraçou Sofia antes mesmo de atravessar a porta, entrou, se aproximando com desembaraço. Você deve ser o Miguel. Cumprimentaram-se, já se pondo a falar, enquanto Marco, mais reservado, se acercava devagar. Carla, presa em sua timidez, observava, gente em demasia a demandar a atenção da mãe ali.

Laura trocou algumas palavras com Nina e Léo, fazendo as próprias apresentações. Marco se aproximou de Carla, trazido por Sofia. Ela, como gato amuado, aferindo o terreno, considerando gestos e olhares. Marco a abraçou, caloroso. Os mesmos olhos arredondados da sua mãe. Laura chegou em seguida. É verdade que vocês duas parecem irmãs. Ah, minha mãe adora que falem isso, e lhe escapava um deboche da voz, mostrando que, da parte dela, parecia não apreciar tanto assim o comentário.

Sofia se demorou nas conversas, as falas entrecruzadas preenchendo o espaço, ela esparramada entre as pessoas. Depois voltou à cozinha, ainda havia coisas por terminar. Miguel veio espiar o que ela fazia, aproveitando para levar para a sala alguns aperitivos. Em seguida, entrou Marco, pedindo um copo d'água, e acabou ficando, fazendo-lhe companhia enquanto a via cozinhar.

Você gosta mesmo disso, ele comentou enquanto a observava. Ela apenas meneou a cabeça e não era preciso que dissesse algo, extravasava-lhe o olhar. Marco acompanhava seus gestos, movendo-se lenta, compenetrada. Os dois quase quietos, mas se comunicando entre a superfície das coisas. Ela gostando de tê-lo ali, olhos atentos ao que fazia mas sem deixar de examiná-lo.

Quem faz aquilo que gosta resplandece um certo brilho, você não acha?, ele perguntou. Que engraçado, ela pensou, tanto esforço pra tentar explicar algo a Miguel que aquele homem de repente percebia nela só de olhar. Laura também tem estado assim agora que está escrevendo, ele continuou. Você já leu alguns textos dela, não? Sim, alguns, Sofia respondeu. Ela não mostra tudo o que escreve, é bastante crítica consigo mesma, você não acha? Sim, ela costuma ser rigorosa com as coisas que faz. Laura escreve como se pintasse, soltou então Sofia. Gosto de como ela se expressa, das imagens preenchendo espaços, grandes paisagens. Ele achou curioso, até mesmo bonito o comentário dela.

E você, o que te faz assim? Eu?, ele não esperava que Sofia perguntasse. Ficou um tempo pensativo, sem responder. Você gosta do seu trabalho?, ela perguntou, tentando desencavar algo. Gosto. Mas não sei se me faz assim, se me escapa isso que vejo em vocês. O problema, talvez, é que no meu trabalho sempre há uma porção de outras coisas que vêm junto e que devo suportar. Eu entendo, ela disse, reconhecendo-se nas palavras dele. O grande desafio, ele continuou, talvez não seja fazer o que se gosta, mas gostar do que se faz.

Sofia ouvia com atenção, aquilo lhe parecia importante. Ela ficou reflexiva, fez uma longa pausa, depois lançou a pergunta, não particularmente para ele, mas também para si mesma, porque estavam ali a pensar juntos. Mas será que dá pra gostar de tudo o que se faz? A questão ficou no ar, misturada aos temperos que tomavam corpo.

Será que está bom de sal?, ela levou até ele uma colher com uma pequena porção do risoto que preparava. Está delicioso. Não, não precisa de mais sal.

Aí ela continuou, que aquilo se revolvia dentro dela. Acho que não dá pra gostar de tudo, você acha que dá?, ela tinha um tom provocador. Algumas coisas tenho que fazer mesmo sem gostar. Marco se perdia em pensamentos, meditando sobre as ideias que ela lhe lançava, movida por sua própria fala. Sorriu, pensando que as conversas deles nunca eram lineares e que gostava de se perder com ela.

Sofia fez uma nova pausa, depois, embalada no próprio pensamento, prosseguiu. Eu acho que entendo isso que você diz, mas talvez não seja uma questão de gostar do que se faz, e sim de estar inteiro naquilo que se faz. Você entende o que quero dizer? Ele achava que sim, mas queria que ela seguisse com sua argumentação. Quando faço algo de que não gosto, sem estar ali, porque me espreito pelos cantos, como a querer escapar, sei que outras coisas também me escapam. Se não estou atenta, a vida me foge por entre os dedos. Não acontece com você também?, ela perguntou, virando-se para ele. Acho que o desafio, pra mim, é estar presente no que faço, gostando ou não.

Ele estava sério, pensativo, mas não pôde deixar de brincar. Você está falando tudo isso porque não suporta lavar a louça, não é?, ele disse, olhando a pia cheia. Eu detesto, ela confessou, rindo.

Os olhos de Laura se enchiam de admiração, era algo sutil que escapava, mas Marco já a conhecia há muito tempo, dos verdes translúcidos podia medir funduras. Refletia com fascínio sobre aquilo que as atava, sobre aquele entusiasmo crescente que alimentavam uma pela outra. Pensava se era aquilo um ciúme inconfesso, mas então se percebia ele também cativado por Sofia. Surpreendia a si mesmo tão à vontade diante dela, destituindo-se de fachadas cuidadosamente erguidas. Ela sempre o vira com sobriedade, mas ia aprendendo a conhecer uma face menos revelada.

As conversas entre eles eram rápidas, mas quando aconteciam pareciam extrapolar a fronteira delimitada do usual. Por vezes, ele se portava como se tivesse uma firmeza inabalável, como se enfrentasse o mar revolto com serenidade. No fundo, se revolvia, ondas gigantes a tragá-lo. Laura era seu porto seguro, mas também aquela que às vezes lhe atirava à água, mostrando que a vida era a terra firme mas também o mar incerto, e havia de se lançar a ele, não necessariamente sem medo, mas de coração aberto. Com ela não precisava fazer uso de fortalezas imaginárias, podia confiar seus anseios, buscar acolhimento.

O silêncio de Sofia abria espaços e ela lhe entregava seus olhos ternos. Às vezes, Marco deixava escapar revelações, expunha-se. Depois a tocava na gratidão mais sincera. Sofia nem sempre entendia suas incongruências, seu humor oscilante, mas podia ver muitas coisas. A amorosidade que ele ia revelando no olhar, em detalhes que poderiam passar desapercebidos, no cuidado que tinha com Laura. Percebia na rispidez a proteção para a precariedade. Talvez Sofia o entendesse mais do que pensasse.

Laura não sabia identificar quando isso começou. No início o que sentia era afinidade, afeição, e da proximidade brotou algo que não podia nomear. Talvez fosse amor aquilo, mas mesmo ele parecia se fazer necessário rotular e ela não sabia como. Pensava nos gregos, aparentemente mais sofisticados para classificar o sentimento. Eros, Ágape, Filia. As palavras lhe enchiam a cabeça, mas tampouco explicavam aquilo que sentia, inexato, não delimitado naquilo que podiam abarcar.

No descompasso cotidiano, no embaraço das relações, Laura podia antecipar os músculos retesados, a fisgada, o latejar agudo.

Seu corpo sempre gritava quando as sutilezas não captavam sua atenção. Procurava escutar, observar, mas muitas vezes sua fala vinha carregada de mistério. Agora, seu corpo se esparramava e extravasava um gozo aparentemente inexplicado. Pequenos prazeres, a pele ao sol, a textura dos lençóis num espreguiçar sem pressa, o gosto em sua boca, a pele de Marco sobre a dela, a água quente do banho, o calor de um olhar.

Ela pensava que com a idade abrandariam seus ardores, que o desejo a tocaria com uma delicadeza discreta. Mas ao contrário, era toda pulsar. Chegaram em casa tarde, uma sede não plenamente saciada. Seria só ela? Largou a bolsa, tirou os sapatos, depois se aproximou de Marco, beijando sua nuca, então chegando à boca. Os lábios úmidos, um arrepio trespassando. Ele podia sentir nela o desejo, quente, quase febril. Saboreou seu batom, se aprazendo naquela entrega inesperada. Acariciou seus cabelos, olhando-a e pensando em como ainda a achava linda. Conhecia tão bem o seu cheiro, cada curva e saliência, mas seus olhos provocadores sempre sugeriam novos mistérios.

Acho que a comida de Sofia é afrodisíaca, disse ele em meio a um riso malicioso. Foi a vez dela de rir, se divertindo com a ideia, que parecia ser a melhor explicação para seu estado libidinoso.

***

Rogério se aproximava dela movido por algo que não sabia bem o que era. Às vezes escapava em declarações ousadas, num olhar. Ela se expandia naquela revelação sutil do desejo. Depois recuava, resistia, recolhia-se, reflexiva. Temia finais tristes e se enrijecia. Olhava Rogério enquanto ele tirava a camisa após o treino, o dorso suado, o corpo forte, fingindo não se perceber observado, ela fingindo não ver. O querer abafado entre racionalismos e considerações.

A Paula me contou sobre a festa de casamento no final de semana. Me disse que você também estava lá, Gabriela soltou, como quem lança um assunto repentino. Foi ótima a festa, ele respondeu lacônico. Ela esperava para ver se ele ia dizer algo mais, então, em meio ao silêncio estendido, deixou escapar. Você continua saindo com aquela moça bonita que eu conheci na casa da Paula? Ela perguntava agora sem sutilezas. E o "bonita" ressaltado em sua fala, era o quê? Paula devia ter contado que ele estava acompanhado. Gabriela estaria revelando ciúme dele? Assim tão abertamente?

Rogério parecia não atenuar nada, querendo incitar ciúme maior. Eu estava com alguém na festa, mas não era a mesma garota. Ah, ela respondeu, de um jeito alongado, respingo de uma doçura avinagrada, quase corrosiva. Você não é muito de se prender, né, Rogério?

O enlace para ela era a entrega, para ele, o encontro fortuito. Não poderia, assim, esperar algo promissor com ele. Moviam-se os dois por caminhos tão distintos, e Gabriela já descobrira que não bastava deixar os rumos da própria vida ao acaso e à espera da boa sorte.

***

Miguel ficaria algumas semanas sem viajar. Tão habituado àquela vida meio nômade, parecia repentinamente inquieto com a ideia de uma permanência mais prolongada. Sofia, por outro lado, se punha animada, pensando numa série de coisas que o chamaria a acompanhá-la, sentindo falta da cumplicidade diária.

O tempo transcorreu demorado, ele intercalando entre ela e as filhas. Sofia gostava da atenção que ele a dedicava. Era curioso que, depois de meses juntos e há tanto tempo como amigos, ainda se descobrisse conhecendo novas coisas sobre ele. Para quem vivia uma rotina completamente instável, Miguel era surpreendentemente metódico. Sofia achava que esse era o jeito que ele encontrara para conseguir lidar com a inconstância dos dias, mas a meticulosidade dos seus atos às vezes a incomodava. Ela precisava da rotina para se manter com os pés no chão, mas dentro daquela estrutura aparentemente estável, tinha de haver uma liberdade flutuante. Podia sair todos os dias à mesma hora para ir ao trabalho, mas os caminhos podiam ser outros. Gostava de se surpreender experimentando novos pratos e sabores ou brincando com a disposição dos móveis pela casa.

Desfrutava da presença mais constante de Miguel, mas pegava-se a imaginar a iminência de uma nova viagem. A verdade é que, passado um mês, não só ela, mas também ele parecia começar a sentir falta de certo distanciamento. Algo que, ao atentar-se, assustou-a.

Sofia percebia que, passada a sensação inusitada de estarem juntos, seu relacionamento recaía na normalidade cotidiana. Mas não era assim que haveria de ser? Lá no fundo não ansiava pela constância dos dias? Talvez o que lhes faltasse fosse o desequilíbrio normal das coisas, pedras, colisões, brasa, um borbulhar de águas. Parecia uma incoerência aquilo.

Seria a carência o que os atava? A pergunta doeu um pouco, porque ela alimentava em si a esperança, a possibilidade de ser tomada de assalto, de ser arrebatada por algo maior. Seria a paixão imprescindível para um relacionamento? Ou o amor podia brotar, sem os seus festejos e desvarios?

Miguel estava certo de que a ideia de saírem para dançar tinha sido boa quando Sofia apareceu na sala depois de se arrumar. As curvas do seu corpo modeladas pelo tecido, as pernas à mostra. Ela dificilmente usava vestidos, afeita às praticidades no vestir. Ele gostou do que viu, ela percebeu, sem que ele precisasse dizer. Por que não fomos antes?, ele perguntou, malicioso. Pode já chamar o elevador, vou só apagar a luz do quarto que esqueci acesa.

Não sabia que a Laura e o Marco gostavam tanto de dançar. Ela mencionou algo entre uma conversa e outra, mas acho que não dei muita atenção. Gostei que ela nos convidou. Aquele dia, aqui na tua casa, eu disse pra ela que gostava de dançar, mas que nunca tinha ido contigo. Você disse? Estou nervosa, pra dizer a verdade. Já dançamos uma vez juntos antes, não é? Era uma festa de casamento. Sim. Então acho que vai lembrar que eu não sou muito habilidosa. Você só tem que praticar mais, Sofia.

Laura e Marco já estavam à espera quando eles chegaram. Sentaram-se em uma mesa, junto de outros dois casais amigos que os acompanhavam. Conversaram um pouco e logo já estavam a dançar. Miguel tentava conduzir Sofia, que resistia, hesitante naqueles seus primeiros passos. Ainda que truncada a dança, um ou outro desencontro e uma leve pisada de pé, divertiam-se. Queria era deslizar assim, ela disse a Miguel enquanto olhava Laura abraçada a Marco. Tão bonito os dois dançando, não? Miguel não era muito dado aos sentimentalismos de Sofia, emudecia naquelas suas divagações. Ela achava Laura ainda mais bonita, o corpo se movendo leve, cadenciado.

Um dos amigos de Laura tirou Sofia para dançar. Ela aos poucos se sentia mais solta, mais confiante. Se não cativava pela dança, atraía por seu sorriso, pela espontaneidade que lhe era tão própria. Quando voltou, Laura e Miguel estavam em meio a uma conversa animada. Os dois tão falantes, e Laura com seu riso marcante, preenchendo de intensidade o encontro. Ela sempre falava com tanta desenvoltura, as mãos se movendo com a fala, o brilho dos olhos escapando. Com Marco, Sofia parecia nunca saber muito bem como seria. Às vezes se deparavam em sintonia, tomados pela entrega, em outras ocasiões era como roçar uma superfície rugosa, uma linha tênue em que se equilibravam. No silêncio entre eles, encoberto pelas risadas de Miguel e Laura, ele sugeriu que dançassem.

Naquela primeira vez lhes faltava a intimidade do abraço. Ela tentava disfarçar a ansiedade, mas ele podia sentir o tremular em seu corpo. Acostumada que estava com as palavras, o diálogo que desenvolviam ali era em tudo diferente para Sofia. Como se então se comunicassem com uma proximidade que antes não havia. Depois de um tempo, confiaria a ele o peso do seu corpo, acomodaria-se em seu abraço, os corpos a se tocarem num improviso compassado. Podia sentir sua respiração, às vezes, o seu próprio palpitar, reverberando do seu peito para o dele. Mal se falaram naqueles instantes, mas era como se estabelecessem uma conexão delicada.

Sofia nunca havia se dado conta de que a dança poderia trazer tamanho prazer. Saiu dali mexida, seu corpo a pedir mais, num arfar quase febril. Quando retornaram à mesa, pareciam não saber como lidar com tamanha intensidade. Sofia sentou-se junto a Miguel, Marco ao lado de Laura. Nas conversas paralelas, ao se mirarem ao acaso, desviavam rapidamente o olhar, como se temessem o extravasamento do encontro. Sofia, naquele contentamento que não cabia em si, punha-se num silêncio contido, mas o prazer lhe escapava, seu corpo tomado por uma energia feroz.

Esparramada sobre as coisas, Laura demoraria um pouco a perceber. Os olhos de Marco, inquietos, mas sinceros. Os de Sofia, transparentes, pura incompreensão. Sim, Laura podia ver. Mas disfarçava. Porque também não entendia ela o seu sentir.

Voltaram para casa tarde, cambaleantes, tomados pelo que Laura chamaria de cansaço delicioso. Ela tirou os sapatos e se recostou no sofá, entregue e sem pressa. Ele se sentou ao lado dela, acariciando-lhe os pés. Acho que eles se divertiram. Também acho. Sofia estava reluzente, não tinha por onde escapar tanta euforia. Você não notou, Marco?

Você gosta muito dela, não? Era mais uma afirmação que uma pergunta o que ele fazia. Ela não precisava responder. Observava-o, atenta. Você também gosta dela, ela disse então de súbito. Marco sorriu e ela sabia que isso era uma concordância. O que propriamente significaria aquele gostar? A pergunta escavada abaixo das coisas nítidas, os provocando a pensar. Que Sofia resplandecia aos olhos dele e com sua ternura derramava-se também sobre ela.

Tinha começado como um gotejar. Água marinha dos olhos dela como uma constância para virar água corrente, Sofia mergulhada num desejo desconhecido. Aquela noite, como espuma, mistura de água e ar, o movimento dos dois pelo salão e ela tentando flutuar igual. Então a correnteza, repuxo para os braços dele. Como podia arfar assim? Era a dança que fazia aquilo com ela? Como podia querer seu corpo permeado do cheiro dele, ali, diante dos olhos de Laura? Como podia se desmanchar nos braços dele, desejando também os dela?

Sofia e Miguel voltaram no carro em silêncio. Ele estranhara a quietude e quase ia dizer algo, mas ela toda contentamento, vapor, emanescência de algo que não podia descrever. A intensidade da dança, soltou de repente, vendo os olhos dele sobre ela. Ele sorriu. Disse que ela estava bonita demais naquele vestido.

Tinham entrado aos beijos no apartamento dele. Era a dança que fazia aquilo com ela? As mãos dele em descoberta, incursões. Instantes apenas para se despirem e ela gozar esperando por ele. Desfeita sobre a cama, as pernas como que amortecidas, tombada de sono, veria em sonho Laura atada ao corpo de Marco, envolta pelo mesmo perfume que ficara nela aquela noite.

***

O que há com você e o Felipe? Não era uma pergunta real, mas a que chegava a ela pelos olhos da mãe dele, sempre que os flagrava num daqueles choques súbitos. Não descambavam para uma discussão, porque o cansaço já não os levaria a tanto, às vezes uma farpa, uma indireta, ou a ausência sentida das palavras.

Aí, ela mesma se detinha perplexa. O que afinal há entre Felipe e eu? Não conseguiria dizer de modo simples, como se as coisas tivessem se enovelado a tal ponto que, enroscada nos fios, não soubesse mais extrair a ponta. O ar melancólico dele contrastando com o jeito festeiro dela, sua digestão lenta das coisas como provocação ao fogo ardendo nela.

Mas e a poesia silenciosa das pequenas coisas? A canseira dissipada quando, sem que Paula esperasse, ele a convidava para sair? A doçura morna dos finais de semana preguiçosos, em que ele preparava o café e ficava esperando por ela? O sentimento a atá-los entre um desabafo, um encorajamento, um abraço? A ternura implícita nas coisas que os dias iam tornando banais. A mesa do jantar que ele deixava arrumada para quando ela chegasse. A delicadeza com que ela ajeitava o arranjo de flores sobre a mesa da sala ou o beijava sem despertá-lo ao sair de casa muito cedo. Sim, ainda havia tantas coisas ali.

Paula refletia que suas referências de casamentos não eram muito animadoras. O irmão mais velho vivia uma vida monótona a bravejar os sonhos perdidos, a cunhada a desabafar o amargo dos dias. Gabriela e Luiz deixaram o silêncio diluir o afeto. Seus pais, há tanto tempo casados, continuavam juntos por pura comodidade. Não ausentes de amor, mas prostrados, exaustos da luta. Seria mesmo uma luta, uma batalha que se trava com o outro?

Vamos sair, ela disse resoluta. Depois de dias enclausurada, queria espaços abertos. Vamos fazer um piquenique. Quero deitar na grama, tomar um pouco de sol. Você está ouvindo?, ela perguntou irritada, percebendo que Felipe não tirava os olhos do celular. Desculpa, me concentrei em algo que estava lendo. Vamos logo ou ficará muito quente. O que levamos?

Ele se levantou do sofá como quem desperta de forma brusca. Foi até a janela, olhando o recorte de céu azul entre os prédios. Vamos pedalando?, ele gritou, vendo que ela já deixara a sala para se trocar. Acho ótimo irmos pedalando, ela respondeu segundos depois, voltando para a sala com a escova de dentes na boca. Vou pegar umas frutas pra gente levar, ele disse. O que mais você quer?

De repente a trégua. Uma leveza de que ela até se esquecia. Arrumaram as coisas numa mochila. Pegaram a bicicleta. Há quanto tempo não andavam? O movimento, o vento, e com ele a alegria que vinha das coisas simples.

***

Antes sairiam os quatro juntos, ou Paula e Felipe viriam para jantar com eles. Dessa vez, quando chegaram, a constatação de que agora eram três. Notaram a arrumação diferente da casa, os cantos recém-desocupados, tomados por novos objetos que agora eram só dela.

Gabriela sentia falta de estar com eles, das brincadeiras que se punham a fazer uns com os outros, das conversas e discussões interessantes que nasciam daqueles encontros. Ela sabia que eles enfrentavam seus percalços, mas estavam ali, as mãos dadas, o afeto permeando o riso e a incompreensão. A intimidade deles com Gabriela deixava que escapassem palavras mais duras, ferimentos expostos. Ela ficava quieta, observava. Num momento só entre ela e Felipe, ele revelou que às vezes não entendia bem a Paula. Que se punha indisposta por tão pouco, que ele não podia pôr-se triste sem que ela pensasse ser algo que a envolvia. Tudo teria que girar em torno dela? Ele precisava ter seu próprio tempo, assentar os sentimentos sem precisar falar sobre eles. O que dizer a Felipe? O que aprendera com as desavenças e silêncios?

Numa certa altura, quando seguiam mais descontraídos, Felipe tomou a conversa, num daqueles causos inusitados e engraçados que só ele sabia contar. De Gabriela escaparia a risada mais solta, de Paula o fulgor, acompanhando Felipe com os olhos. Também ele, por entre censuras e contrariedades, a ouviria com apreço.

Antes que partissem, as palavras chegaram a Gabriela. Sim, era isso que queria dizer a eles, que lhe tocava a insistência, a persistência que eles tinham. Que os admirava muito, de se porem assim tão fortes. Sim, o amor era para os fortes.

***

Sofia pensa em como é bom ver Laura além dos encontros regulares que têm todas as semanas. Ela está linda, numa elegância só dela. Talvez seja uma questão de postura, mas no fundo Sofia acha que mesmo endireitada, ombros soltos e coluna ereta, nunca se moverá com aquela graciosidade. Nos braços de Marco, ela parece ainda mais leve, dançam numa consonância apurada, os corpos coesos.

Miguel por perto, Sofia havia se aproveitado para que os encontros se fizessem mais frequentes. Tinham já saído para dançar algumas vezes juntos. Ela se deliciava com a paixão recém-descoberta, se divertia buscando estabilidade onde parecia não haver, se desafiava a coordenar os movimentos, a respirar enquanto se movia, se fazer leve, enquanto firme. Movendo-se com os olhos fechados, os pensamentos se desprendiam. Os pés tocavam o chão, mas sentia que se elevava, tomada por uma euforia vaporosa.

Miguel é expansivo como Laura, logo se põem a falar os dois. Sofia mete-se entre as conversas, ri contagiada por eles, entrega-se também a sua própria narrativa. Marco mais observa do que fala. Sofia quer lhe puxar as palavras, acha estranho que se ponha assim quieto. Já mais solta, destemida até, convida-o para uma dança. Ela não admite a expectativa com que se põe diante daquele abraço. Seus olhos se encontram algumas vezes e ele se contém, também lhe assusta aquela certeza.

Naquele dia, recostada ao peito dele, sabe que o sentir os arrebata, encrespado, caudaloso. Indaga se, diante tamanha compostura, na melodia que os conduz pelo salão, deixam transparecer aquele prazer agudo. Talvez, aos olhos de quem vê a cena, ela tenha singelamente o brilho de quem desfruta a dança. Ali, envolta nos braços dele, na entrega que só o puro contato denuncia, partilha com ele o segredo.

Sim, ele entende. As mãos a tocam com delicadeza, ao mesmo tempo que a tomam com firmeza. No intervalo entre uma música e outra, ficam num silêncio que não precisa de palavra alguma. Ele ainda a abraçá-la naqueles segundos em que seu corpo junto ao dela, em movimentos lentos e imperceptíveis de fora, são para ela como uma carícia revelada.

Pensamentos dúbios, hesitações se abatiam sobre Marco. Quem não os tinha? Brotavam de sonhos, desejos, relampejos. A retidão nele tão intrínseca, que podia tocá-los com suavidade, sem medo, as pernas ancoradas. Passaria a brisa ligeira, ventania, podia vir a água. E era assim que vinha, como rio, aluvião. Nos espaços divididos, diante de olhos alheios, deteria-se, mas junto dela era ele também água a verter. Ali, no espaço de um abraço, que era onde cabiam os dois, desprovidos do que estava ao redor. Sim, descobrem que vibram juntos em algo que pulsa e cintila dos olhos dela para ele. Que volta para ela quando seu corpo se aproxima do dela e só quer ficar.

Marco diria coisas a Laura em tom de brincadeira, e ela, mesmo o conhecendo bem, ficaria sem saber se as palavras não continham algo de tangível. Moveriam-se assim, por meio de sutilezas. Fariam-se transparentes, mas as confidências, ao invés de clarear os caminhos, deixariam descer uma névoa rara.

***

Rogério parecia não querer estar sozinho. Também Gabriela parecia incapaz de se mover no mundo sem estar atada, mas ela refletia que não estar só não era o mesmo que querer estar junto.

Encontraram-se ao acaso na rua, quando ela saía do restaurante. Ele estava acompanhado de uma jovenzinha, não devia ter mais que 20 anos. Ela não estranhou que fosse assim. Ele se aproximou dela, trazendo a moça pela mão. Fez as apresentações, cumprimentou-a e percebeu que Gabriela também não estava só. Um homem que entregava o cartão do estacionamento para o manobrista veio se aproximando deles. Esse é o Henrique, ela disse. Trocaram algumas poucas palavras, estavam de saída e o carro acabara de chegar. Rogério não podia esconder a surpresa. A mão dela tomada por outro, o rosto provido de riso e mistério.

Gabriela tinha conhecido Henrique na fila para um concerto. Levara um livro para se distrair, prevendo uma espera sem fim até conseguir seu ingresso. Concertos como aquele costumavam atrair muita gente. O livro acabou ficando na bolsa e o tempo passou rápido como não imaginara. Logo atrás dela, Henrique perguntou algo sobre a apresentação, uma pergunta assim, qualquer, que levou a hora e tanto de conversa. Ele se revelaria um homem bem-humorado, gentil. Falaram de música, depois de livros, porque ele também trazia um consigo. Ele contou um pouco do trabalho até chegarem, ela não se lembra bem como, em casamento. Henrique era falante, desembaraçado, trouxe à tona certos pesares, sem deixar de ser leve, como se brincasse com a própria fatalidade. Havia se separado, como ela, há pouco mais de um ano. Gabriela viu-se à vontade para falar de si mesma, a conversa prosseguiu sem pretensões, e talvez por isso, solta e encadeada. Henrique não tentou envolvê-la com palavras, tampouco ela tinha a intenção de se fazer interessante, como se, tomados pela ausência, de repente lhes fizesse falta a conversa apenas.

Entraram juntos no teatro, sentaram um ao lado do outro. Ao final do espetáculo, Gabriela prolongou a conversa enquanto desciam as escadas. Atravessaram juntos a rua. Vamos tomar um café, ele propôs. Um café não, senão a essa hora não durmo. Mas vamos beber algo, ela disse rindo, vendo que de imediato ele se fizera sério, achando ser uma recusa. Sugeriu um lugar ali perto, um quarteirão apenas. A noite fresca, bom andar assim.

Sua mulher vinha com você aos concertos? Sim, mas ela sempre tinha sono, disse em tom ameno, quase complacente. Gabriela riu, ele também. Pelo menos ela devia gostar de você. Acredito que sim, ele respondeu, ainda mantendo o bom humor. Ela se esforçava para me acompanhar, mesmo não sendo seu programa favorito. Minha mãe adorava música, sabe, de garoto eu ia muito com ela e meu pai a apresentações, tomei gosto pela coisa. Até cheguei a fazer aulas de piano, mas não tinha o mínimo de talento.

Eu vinha com o Luiz, o meu ex-marido, ele é músico. Vínhamos com regularidade. Gabriela se pôs reflexiva, depois prosseguiu. Estranho fazer sozinha aquilo que se acostuma a fazer junto. Ele concordou com a cabeça, pensando que a frase podia também ser sua.

Duas semanas se passaram e Henrique a chamou, convidando para uma apresentação de música. Hesitante de início, acabou aceitando. Talvez as afinidades sedimentassem o encontro, semeassem possibilidades. Talvez alguém maduro como ele a levaria por vias mais diretas, lhe traria um amor mais austero. Gabriela enumerava prognósticos, conjecturas. Certeza, só uma. Ela sabia que precisaria de uma energia sem fim para começar. Tudo de novo.

***

Discorreria mil palavras sobre o sentimento, ainda assim, não o entenderia. Vinha na forma de pensamento contínuo, no coração que se distendia, no calor sobre o peito. Sofia hesitou por um bom tempo antes de decidir ler seu texto em voz alta. Escrever sempre implicava um desnudamento, e ali, diante os olhares atentos, ela não sabia o que seria. Enquanto respirava, a expectativa estacada. Depois, o sentir derramado, as pausas, como silêncios pulsáteis. Queria ver o que espelhavam os olhos dos outros, queria que lhe dissecassem as palavras, talvez assim lhes atravessasse a superfície. Mas um poema, afinal, não era sobre entendimento. Ela só sabia que das coisas inexatas vinha algo belo.

Laura se pôs recolhida, como não era usual. Sofia queria buscar o olhar dela, mas, no íntimo, receava o encontro. Laura não falou, talvez porque refletisse. Na saída, seguiram até o café para onde sempre iam. Trataram de fatos cotidianos, ideias que se costuravam, quase despercebidas. Os minutos transcorriam rápidos, demasiadamente rápidos. Sofia achava o tempo implacável, insensível àquele seu sentir estirado.

Segundos antes que entrasse no carro, Laura virou-se para ela. Então, você está apaixonada. A dubiedade lhe parecia proposital. Não era uma pergunta, tampouco tinha a convicção de quem afirmava. Você diz isso por causa do poema? Sim, por causa do poema. Laura lhe sorriu e Sofia entrou no carro, deixando suspensa a resposta. Então era isso que ela sentia e não sabia nomear?

No último dia da oficina de escrita, reuniram-se na casa de uma das alunas para uma despedida com sarau e cantorias. Sofia ia sentir falta daqueles encontros. Sabia que seguiria falando com um ou outro com quem tivera maior afinidade e certamente com Laura, mas não conseguia evitar uma saudade antecipada, acostumada a estar entre as palavras e as pessoas que, como ela, também se nutriam desse contato. Se inquietava ainda mais de pensar que ela e Laura não se veriam com a mesma frequência de antes. Haveria outros encontros, elas provavelmente achariam bons pretextos para se ver e agora também tinham a dança a lhes aproximar, mas pensava se, tomada certa distância, o desejo da proximidade não abrandaria. O pensamento doeu um pouco e quis deixar escapá-lo, mas não ia.

Na hora de partir, abraçou Laura tão demorado quanto podia. Quis dizer-lhe algo, mas ela já ia, desprendida como era, se atendo às coisas práticas e aos primeiros pingos de chuva que começavam a cair.

A verdade é que, quase como um pressentimento, ela e Laura ficariam um bom tempo sem se ver. Na correria dos dias, escaparam-lhes semanas. Tentaram um encontro, mas tiveram de desmarcá-lo por um imprevisto. Logo depois, Sofia partiria às pressas para visitar o pai, que tivera um problema de saúde. Na turbulência dos dias, atravessava-lhe o pensamento em Laura. Abismava-se que não amansasse o sentimento. Seria apenas ela que se sentia compelida dessa forma?

Voltando à normalidade, achou que se encontraria com a amiga, mas aí foi Laura quem partiu em viagem, três semanas de férias. Disse que viajaria com Marco, era aniversário de casamento deles, fariam uma espécie de lua de mel. Miguel também estava longe. Há duas semanas viajara. Por ele, aquela saudade costumeira. Dali a alguns dias se veriam, e ela, de antemão, se aconchegava na expectativa do encontro.

Já os seus sentimentos por Laura nunca eram brandos. Ficava contando os dias para a sua chegada, sem entender aquela saudade descomedida. Laura tão longe, a se perder em novas paisagens. Não haveria tempo nela para a saudade, haveria? Sofia se inquietava com aquele sentimento intenso, mas não queria que fosse diferente. Achava estranho que fosse Laura a tocá-la assim e não Miguel, e se perdia no entendimento daqueles afetos tão dissonantes. Achava que Laura, mesmo a filosofar, nunca se perderia tanto em divagações, que era resoluta, e Sofia, um ser excessivamente passional, de quem às vezes escapavam as palavras.

***

Então você também está saindo com alguém, Gabriela. Agora não era Gabi, como ele tinha se acostumado a chamá-la, mas Gabriela. Ela notara o tom da voz. O que indicava não sabia bem, ciúme, uma ironia pairando no ar? Ela sempre percorria caminhos sinuosos com Rogério. Eles tinham terminado de correr a segunda volta. Você vai fazer a terceira?, ele perguntou. Sim, com você sempre me animo a ir um pouco mais.

E é sério? O quê? O seu relacionamento com o…, como é mesmo o nome dele? Henrique. Eu não sei. Eu entro num relacionamento esperando que seja, ela disse, como uma agulhada nele. Gabriela não compreendia o seu desprendimento, os relacionamentos efêmeros. Lembrava da sua primeira conversa com ele, quando disse não acreditar no amor. Não entendia o distanciamento dos afetos, porque a vida para ela se construía justamente nesses encontros.

Rogério achava que o amor desenhado por Gabriela era cheio de amarras. Ela ouvia e ficava quieta, o silêncio sedimentando as palavras. Talvez eu também tenha que aprender mais sobre o amor, então refletia, deixando o pensamento sair em voz alta.

***

Marco procurava nos armários um antigo álbum de fotos. Onde estaria? Vários deles tinham a mesma capa e era preciso abrir um por um até chegar no que buscava. Antes, por puro deleite, e ele sabia que isso aconteceria, pegou aquele com as fotos das crianças. Marina com suas enormes bochechas, os olhos castanhos e cabelos que eram como os seus. Renato por vir, a barriga ressaltada entre a magreza de Laura, os cabelos dela ainda compridos, os olhos felizes da espera. Queria ver mais e sabia que sempre se perdia assim, que ia ficando mais velho e os olhos marejavam mais. Era engraçado ver as fotos com Laura. Mesmo que ela as visse e revisse, sempre se surpreendia com algo, como se as cenas lhe escapassem. Nele, um simples fio para repuxar o novelo inteiro. Ela se divertia, se emocionava, mas não podia deixar de rir-se dele em sua intensidade. Para quem tinha os pés sempre adiante, o passado e suas reminiscências surgiam como bruma tênue. Nele, os sentimentos reinventados nas minúcias que vinham por detrás das imagens, nos cheiros que de repente surgiam tão vívidos.

Mas onde estaria aquele álbum? Queria fazer isso antes que Laura chegasse, porque era uma surpresa. Ela provavelmente não se lembraria daquela foto. Sim, estaria ali entre aquelas. Ele era tão jovem, parecia ainda um menino, mais magro, olhos destemidos. Às vezes escolhemos caminhos que mudam o rumo das coisas. Quem seríamos sem aquilo? Quem seríamos sem o sim, sem o não com que nos deparamos? Quem ele seria sem aquela viagem? Quem seria se Mariana não tivesse se atrasado naquele dia?

Era estranho ela se atrasar, ficava inquieto quando isso acontecia. A moça na fila ao seu lado igualmente esperava, não parava de olhar à distância o relógio próximo à bilheteria. Está certo mesmo aquele relógio ali?, ela perguntou, vendo que ele olhava para o seu, de pulso. Parecia impaciente. Ele também, nenhum dos dois dados à espera. Iniciaram uma conversa que durou uns 30 minutos, tempo que levou para o namorado dela chegar. Mariana chegaria logo depois. Tinha perdido o ônibus, o seguinte levara uma eternidade para passar.

Ele e Laura achavam engraçado relembrar a situação, como se o acaso tivesse conspirado para o encontro. Eles iam fazer trinta anos de casados, e desde esse dia... Quanto tempo mesmo desde que se conheciam? Eles não tinham nem 20 anos.

Na época ele estudava francês e comentou isso com ela, não se lembra bem o porquê. Trabalhava numa empresa francesa e saber o idioma ajudava. Ela disse que tinha vontade de aprender, achava linda a sonoridade da língua. Estava sempre buscando coisas novas para aprender, ele veio a descobrir depois. Gostava do desafio que elas impunham. Também ele se fastidiava com as coisas que não lhe instigavam.

Ela acabou pedindo a indicação da professora de francês. Meses depois, ficou sabendo que a professora começara a dar aulas para uma conhecida dele. Se chama Laura, ela disse. Como podia não se lembrar? A moça de cabelos louros, olhos quase selvagens. Ele um tanto quanto recatado, discreto, em meio a efusividade dela. Mas a havia tocado, naquela sua dubiedade de parecer retraído, no entanto, revelar tanto em uma conversa.

Ele enviara a Laura um bilhete por intermédio da professora. Nada pretensioso, senão parabenizá-la por ter começado a estudar e restabelecer algum contato. Ela respondeu com outro bilhete, em francês, como havia sido o dele. Você a ajudou a escrever isso aqui, não?, perguntou à professora. Ela apenas riu, sem confirmar. Laura não se atinha a uma mensagem ligeira. Contava que estava sendo divertido aprender outro idioma, falava dos seus planos na faculdade, que seguia ainda namorando o rapaz do teatro. E ele, também namorava a mesma garota? Seria ótimo se encontrarem, conversarem, praticarem francês? Laura pretendia ir a França dali a algum tempo, precisava estar afiada até lá. Ele não se lembrava de ela ter lhe falado nada sobre planos de viajar, mas Laura era assim, de repente lhe vinham novas ideias, sempre atenta aos caminhos que se abriam e possibilidades antes não pensadas.

Quando chegou com outro bilhete para entregar a Laura, a professora sugeriu que seria melhor eles se encontrarem de uma vez. Convenceu-se de que sim. Laura cursava filosofia, ele, engenharia, mesmo campus. Acharam brechas para se encontrar no intervalo entre aulas. Quando perceberam estavam amigos, desses que se veem sem precisar de motivo.

Gostava do seu raciocínio ágil, da energia que lhe escapava pelas mãos e resplandecia nos olhos, da impetuosidade que era um pouco como a dele, ainda que ele às vezes precisasse de um empurrãozinho. Laura gostava de como ele percebia detalhes que a ela passavam despercebidos, da sua fala polida, do jeito afetuoso que ele tinha no seu modo de tocar as pessoas e escutá-las. Podiam ficar horas falando dos seus planos, porque eram cheios deles.

O namorado de Laura era algo cintilante como ela, mas de um brilho fugaz. Parecia não ter o mesmo brio e constância com que ela se aplicava às coisas. Ela se inquietava com as idas e vindas, ainda que fosse também toda movimento, mas um movimento direcionado, preciso. Ele apreciava a determinação que movia as pessoas. Também empreendia seus próprios planos, horizontes mais estendidos que os dela, movia-se de forma mais silenciosa.

Na época, julgava-se apaixonado por Mariana. Laura não se incomodava que ele falasse dela a toda hora, gostava do jeito amoroso com que ele se referia à namorada. Pensava que seria bom ter alguém ao seu lado que também fosse assim, que pudesse falar dos afetos sem reservas e dedicar tanto cuidado. Às vezes se enciumava, era verdade, e não gostava de confessar o sentimento, disfarçado na sua fala sempre bem-humorada e despretensiosa.

Passara pouco mais de um ano, quando veio lhe contar que estava acertando sua ida a França. Pretendia fazer o mestrado por lá. Intensificara suas aulas de francês, tinha provas por fazer. A fala lhe vindo apressada, naquele seu entusiasmo vulcânico. Como não mover-se junto na euforia dela?

Laura partira seis meses depois. Não deixara de dar notícias. Escrevia cartas sempre compridas naquele jeito delicioso que ela tinha de narrar os acontecimentos. Ele achou que seria assim só no começo, que depois de um tempo as cartas viriam esporádicas, mas Laura continuava a escrever diligentemente, não era preciso que tivesse muito para contar, ainda que sempre houvesse. Podia, contudo, escrever páginas inteiras sobre pequenas coisas do seu dia. Dizia que achava importante contar a ele sobre isso. Que entre amigos próximos sempre se sabe dessas coisas simples, a comida preferida, o livro que se está lendo, a rotina dos dias, e que, à distância, eram essas as primeiras que se perdiam. Mudam--se os gostos, as circunstâncias, e de repente já não se sabe quem é aquele que se conhecia tão bem. Na época aquilo lhe parecera pura divagação, distante que estava de entender o que ela sentia. Sem perceber que, mesmo na euforia da nova vida, Laura estimava os vínculos, e que ele de algum modo havia se entrelaçado à história dela. Escrevia de volta, tentando fazer-se íntimo das palavras, ele que era mais afeito aos números. Suas cartas de uma brevidade tamanha perto das dela.

Numa das vezes, demorou a retornar. Podia desculpar-se dizendo que era a correria dos dias, mas a verdade era que estava tendo tempos um pouco difíceis e não queria escrever sobre isso. Andava inquieto, insatisfeito, ele e Mariana não iam bem. Divergiam à toa, ou ao menos era o que lhe parecia. Traçavam caminhos distintos, que insistiam em querer trilhar juntos. O trabalho o entediava e procurava há algum tempo algo novo, sem muito sucesso. Não era que tardasse tanto assim, mas naqueles anos de juventude, qualquer tempo pesava como uma urgência.

Ela havia estranhado o silêncio. Escreveu-lhe outra carta. Contava que seu namoro chegara ao fim, fragilizado pelo afastamento. Que havia feito novos amigos, conhecido novas pessoas. Que estava interessada em alguém, mas que, por ora, era tudo conjectura. Que havia conseguido um trabalho numa livraria próxima à faculdade. Que estava estudando muito e era difícil conciliar tudo isso, mas precisava ganhar algum dinheiro. Que não recebia notícias dele há tempos e que não demorasse tanto a responder, que sentia saudades... Saudades. Tão desprendida Laura que não se lembrava dessa palavra antes nas cartas dela.

Devia lhe escrever, mas as palavras subitamente detidas, como se precisasse primeiro se pôr em movimento para que se soltassem dele. Mariana também reclamava dos seus silêncios. Ele dera para andar quieto, suas vontades a trombar nas dela. Havia lhe dito que achava estranho ele gostar tanto dela, mas querer estar só. O fato é que não queria estar só. Tinham se acostumado a fazer tantas coisas juntos que se propor a fazer algo separado parecia estranho. Não se lembrava de serem assim tão agarrados no início. As tentativas de Mariana de reter a afeição dele só o distanciavam mais. O afeto não poderia ser imposto por mostrar-se carente ou desmerecida de cuidados. Pensava que haveria de ser uma conquista delicada, pontuada, como um convite que se faz sem pressa. Mas os dois, eles tinham muita pressa.

Só três meses depois, Laura recebeu uma carta dele. Contava que também não estava mais namorando. Que diferente dela, não era pelo distanciamento, mas pela falta dele. Que estavam a fazer sombra um no outro e assim não se floresce. Que planejava uma viagem a Inglaterra. Ia só, mochila nas costas, pela primeira vez fazer uma viagem assim. Que talvez pudesse, antes do seu retorno, encontrá-la. Também sentia saudades.

E foi assim, alguns meses depois, que ele apareceu para vê-la. Um dia, apenas. Agora ele pensava por que não havia tirado mais tempo para estar com ela. Mas na época fora assim, o atropelo de se querer saciar do mundo a um só tempo.

Fora num domingo frio e ensolarado. Laura com seus cabelos longos e revoltos. O riso solar. Quantas coisas para dizerem um ao outro. Havia a abraçado, sem pressa para soltar. Ela lhe diria em seguida que só aquele abraço já tinha valido ele ter estado lá. Caminharam, percorreram lugares aonde ela gostava de ir, sentaram-se num café, depois se esparramaram no gramado de um parque. Ela querendo ouvir dele aquilo que era tão árduo dizer nas cartas. Contara da sua viagem, da sua relação com Mariana, dos seus anseios, das coisas que o haviam fortalecido, dos planos de retorno, da alegria de poder estar com ela ali. Você volta?, ele quis saber. O mestrado estava no fim, mas desconfiava que ela pudesse mesmo regressar, tão coloridos pareciam seus dias.

Até hoje lhe vinham nítidas as cenas daquele dia, feixes de luzes incidindo sobre os prédios antigos, o vento nos cabelos dela. O instante em que, caminhando lado a lado, ela lhe pegou a mão. O tempo quase infinito de sentir os dedos compridos dela enroscados nos seus.

Laura o acompanhou até o aeroporto. Tão difíceis as despedidas. Se a abraçasse de novo, não soltava. Estou tão feliz de ter vindo me ver. Eu queria poder ficar mais tempo com você, ele tinha dito. Os olhos dela, translúcidos, encontrando os dele. Você volta, não é? E ela sabia que a pergunta era mais que isso. Mas já não era o que lhe respondiam os olhos? Antes que ela desviasse o olhar, ele a beijou.

Ali estava a foto que buscava, a primeira que eles tinham juntos. Tinha sido naquele dia. Ela tão linda. Na sua memória, o sol seria ainda mais dourado e quase podia sentir o calor do corpo dela se aproximando do seu.

***

Sofia demorava a entender o que acontecia entre ela e Miguel. De uma fome incontida para um ardor paciente, uma espera sem pressa. A ausência como um respiro, retardando o enlace efetivo. A carência saciada fazia do encontro uma paisagem monocromática. Não estava certa de que daria conta de estar só novamente. Apoiavam-se um no outro e era confortável o calor de um abraço. Aquela percepção se desdobrando dentro dela lhe trazia certa gravidade.

Combinaram de se encontrar naquela noite. Na voz de Miguel, um vestígio quase insuspeito. Ele queria lhe falar algo. Sim, ela agora pressentia. Sofia estava cheia de coisas dentro de si, uma preocupação velada. Quando se depararam um diante do outro, ele não disfarçou o ar sério, nem ela a ansiedade que lhe invadia. Eu preciso te contar algo. Eu sei, ela disse. Ele a beijou carinhosamente, ela se entregou num abraço como se aquele não fosse o encontro, mas o desfecho, e entendesse as coisas muito antes de serem ditas.

Ele lhe apresentava os fatos, mas era já uma decisão, ela sabia. Me ofereceram uma proposta de trabalho, estou refletindo há dias... Querem me transferir para a matriz, ele disse. Deixou a frase em aberto, em suspensão. Tão longe... ela comentou, deixando perdurar o silêncio. Você já aceitou, não é? Podia ler nos olhos dele. Não parecia ressentida, como ele achou que ficaria. Sofia não estava. Tentava entender o que era aquilo que sentia.

Quis saber mais, se era mesmo uma boa oferta, perguntou como se sentiria longe das filhas, quando iria. De repente percebendo que o acaso parecia intervir por eles. Entre escolhas cômodas, faltaria-lhes a valentia. Miguel tentava justificar a decisão, dizendo que sim, sentiria falta das meninas, também sentiria de Sofia. Ela sabia que ele não mentia, que haveria mesmo de sentir falta dela, assim como ela sentiria dele. Mas essa falta seria pouco. Muito pouco perto do amor.

TERCEIRA PARTE:
INUNDAÇÃO

***

Sofia a avistou sentada num cantinho do restaurante, distraída com o cardápio. O sol tinha dourado seus cabelos, a blusa verde sobressaía seus olhos. Ah, o sorriso. Esse que despontou assim que a viu se aproximar. Abraçaram-se, depois se sentaram, sem pressa de pedir algo, porque a fala transbordava e era mais urgente que a fome.

Trouxe algo para você, Sofia, uma lembrança da viagem. Tirou da sacola que levava um caderno de notas, que Sofia adorou logo que viu. Laura sabia que ela sempre tinha um na bolsa para registrar ideias repentinas. Tomara o caderninho nas mãos, sem perceber de imediato que Laura escrevera algo na primeira página. Então, interrompera a própria fala. Ela, que lia depressa, deteve-se por mais tempo. Beijou Laura, sem poder disfarçar o que se acumulava nos olhos.

Um almoço era pouco para aquela alegria de estarem juntas, e o tempo, sempre veloz. Laura contou da viagem, quis saber sobre Sofia, perguntara-lhe sobre o pai. Laura ainda não sabia sobre ela e Miguel. Sofia foi breve, se pudesse levaria horas descrevendo a paisagem interna, mas já tinham se estendido mais do que podiam. Ela viera caminhando, estavam a poucas quadras do seu escritório. Faria bem voltar andando, mas preferiu a carona de Laura para estar uns instantes mais junto dela.

Sofia percebia os olhos de Laura pousados longamente sobre ela, quase a tocá-la, como faíscas. Sofia não entendia seu desejo por Laura. Sabia do que vinha da pele, o corpo escancarando as respostas em toda a sua abundância. Estava à margem. Querendo molhar os pés, mas temendo as corredeiras.

Laura havia parado o carro. Sofia pegou a bolsa. Agradeceu. Deu-lhe um beijo no rosto. Como se não quisessem então se despedir, olharam-se, num silêncio de segundos que durou século e meio. Sofia deixou escorregar sua mão na dela. Estava fria, úmida, o coração em descompasso. Então saiu. Seguiu em passos rápidos e entrou no prédio.

Laura de repente se encheu de lembranças de quando era menina e descobria dentro de si o fogo. Do tempo expandido, de quem tem a eternidade. Do amor tocando-lhe com inquietação.

Lembrou-se de Elena, sua amiga mais velha. Apenas três anos a mais do que ela, mas que, do alto dos seus dezesseis, representava um mundo de experiências que esperava para si. Elena era destemida, detentora de um brilho próprio, passional. Laura, uma mocinha tímida. A maturidade que lhe imprimira a fala arguta, a espontaneidade de quem não teme as próprias opiniões. Naquela época ouvia, e entre os pensamentos e questionamentos que brotavam, já desconfiava que o amor extravasava pelas bordas em suas definições.

Seu desejo obtuso ardia.

Cresceram as duas. O tempo as afastou. Esse era um jeito bonito de colocar as coisas. Laura sabia que quem se afastara fora Elena. Em Laura ficaria a ausência, o pensamento na amiga, permeado por incompreensões. Também o sentimento bom dos sonhos de menina, dos dias dourados partilhados entre elas que pareciam não ter fim. O beijo repentino fazendo-a pensar que, no fundo, a destemida sempre havia sido ela.

Gostava de abrir um livro ao acaso e escolher uma frase, um pequeno trecho. Havia um da Clarice, há tempos sobre a cabeceira. Laura tinha esse jeito intimista de chamar seus autores preferidos. Já lera aquele livro diversas vezes, esquecera-se de guardá-lo na prateleira como se pressentisse que ainda havia algo pendente ali. Arrepiou-se de ver. Um enunciado que lhe pareceu irrevogável e fatal. *"Perder-se é um achar-se perigoso"*.

***

Gabriela tinha a impressão de que aquele sentimento, antes tão presente, ia esmaecendo, mas podia ser só a distância a atenuar a intensidade. Pouco tempo depois da separação, na saída do cinema, ela avistara Luiz à distância. Estava acompanhado da nova namorada, de quem até então Gabriela não sabia o nome. Felipe deixara escapar em uma conversa. Era Amélia, descobriria meses mais tarde, pouco antes de se deparar uma vez mais com o casal, enquanto bisbilhotava as prateleiras de uma livraria onde eles costumavam ir. Dessa vez ele a vira. Ela poderia ter fingido não vê-lo, afundando-se no interesse repentino por um livro, mas não, ao seu olhar, acenou. Ali conheceu Amélia. Uma apresentação rápida, um cumprimento breve de Luiz, isso apenas. Não fora tão duro. Ou será que, naquela tentativa de fazer-se forte, não deixara espaço para admitir qualquer vestígio de fragilidade?

Ela pensava que talvez os dias a tivessem feito, sim, mais forte. Entrou no elevador como quem ousa entrar em território inexplorado. Meses atrás, chegaria cheia de certezas, mesmo que não tivesse nenhuma. Agora, um pouco de prudência caía bem e tentava ser apenas ela mesma. Sentia-se um pouco nervosa, não negaria, apreensiva. O elevador chegou rápido e ela mal teve tempo de tocar a campainha. Melhor assim. Felipe abriu a porta, em seguida chegou Paula. Ela sabia que Luiz estaria ali só de ver a expressão no rosto deles.

Estou feliz que você veio, Paula a abraçou carinhosamente. 36?, ela perguntou, enquanto entregava o presente à amiga. 37, você sempre se atrapalha, Gabi. É que pra mim você parece sempre uma menina, Paulinha. Ela não parece a mesma dos 25?, comentou, olhando para Felipe. Sim, só está mais mandona, ele respondeu provocador. Paula torceu o nariz. Depois se pôs séria, como se quisesse dizer algo a Gabriela antes ela que entrasse e fosse tarde demais para isso. Mas já era. Dois passos que avançara. Paula não precisava lhe dizer nada, ela pensou. Estou pronta. Nunca vou estar pronta.

O apartamento deles não era muito grande, mas tinha sala e varanda relativamente espaçosas. Sempre davam um jeito de acomodar a todos e, àquela altura, já havia bastante gente ali. Gabriela gostava dessas reuniões que faziam, das conversas que se desenrolavam unindo amigos de diferentes partes. Ela logo avistou Rogério. Conversando com ele e de costas para ela, um casal. Sim, eram eles. Curioso isso. Como não se surpreender, notando que Rogério conversava justamente com Luiz e Amélia.

Você chegou… Rogério disse, assim que a viu. Estava falando de você agora mesmo. Ela lançou um olhar interrogativo. Os dois então se viraram para ver quem era. Luiz, mais surpreso do que ela, não permitiria que durassem muito tempo aqueles segundos em suspensão. Não me passou pela cabeça em nenhum momento que ele falava de você, Gabi. Ela sorriu, um pouco desconcertada, perguntando afinal do que falavam. Eu não sabia que vocês se conheciam, disse Rogério. Estava contando a eles dos nossos treinos. Eu não me lembro de te ver correr uma única vez em todo o tempo que te conheci, Luiz continuou. Gabriela riu. Rogério começando a entender. Amélia, um pouco desconfortável diante daquele momento de intimidade entre eles. Gabriela os cumprimentou, a imprevisibilidade dos fatos abrandando a barreira inicial. Ela prosseguiu conversa com Rogério, se afastando do casal para cumprimentar uns conhecidos. Achei que você viria com o novo pretendente. Ela desconversou, não queria contar a Rogério que as coisas entre eles não tinham avançado. Você também não veio acompanhado. Não imaginava ele como seu ex, Rogério disse de repente. Como você o imaginava? Não sei direito, talvez alguém com mais presença. Presença? Eu adoro como você escolhe as palavras, Rogério, ela disse rindo. Você está falando isso porque ele é mais baixo que eu? Ele não era o primeiro a dizer algo do tipo.

Aproximaram-se da varanda, se juntando a um grupo de colegas de Rogério. Gabriela, já íntima da casa, foi até a cozinha. Luiz e Felipe estavam ali. Conversavam, enquanto um deles abria uma garrafa de vinho. Você quer, Gabi? Felipe perguntou enquanto pegava as taças. Hum... sim. Vim buscar água gelada, mas um vinho vai muito bem.

Ouviram alguém chamar por Felipe. Ele respondeu que já ia. Retardou-se um pouco enquanto Luiz servia a bebida, gastou palavras à toa. O dono da voz apareceu na cozinha e, sem que Felipe pudesse pensar, foi levado dali pelo amigo junto com a garrafa de vinho.

Gabriela e Luiz se observaram em silêncio. Ela com reserva, já em vias de também deixar a cozinha. A inquietude de não saber o que fazer com as mãos. Em outros tempos, não hesitaria. Você tem um cigarro? Criaria sua própria neblina, os dedos bem ocupados, achando seu espaço nos vãos. Mas agora ele ali tão próximo e tão longe, as coisas de uma nitidez. Você está bem?, ele perguntou por fim, antes que faltasse nova oportunidade. Falou com delicadeza, uma preocupação sincera por ela, o que de algum modo a tocou. A cada passo um pouco melhor, respondeu. Paula me contou sobre sua promoção. Eu fico contente por você. De verdade. Ela sorriu, também estava satisfeita. E você, tudo bem?, arriscou perguntar. Sim. Mês passado estive em Madrid... fizemos uma apresentação. Puxa, que legal, hein? Não tive como não me lembrar daquela nossa viagem. Tão divertida. Foi sim. Faz tanto tempo... quase outra vida, ela disse rindo, mas se dando conta de que era como se fosse, sim, uma outra vida. Gabriela tomada por lembranças. A conversa entre eles se estendendo de uma forma indefinida, como se as paredes que há tempos haviam erguido se fizessem de repente porosas.

Tivemos bons momentos juntos, não?, ela soltou subitamente. Falava de forma lenta, como se seus pensamentos ainda estivessem longe, num tempo em que se cobriam de uma alegria ensolarada. Luiz não esperava por isso. Sim, tiveram bons momentos juntos e um dia fora apaixonado por ela. Vieram-lhe então cenas daquela viagem distante, quando caminhavam despreocupados, deliciando-se com um punhado de cerejas. Os cigarros divididos enquanto descansavam no banco de uma praça qualquer ou em algum café daqueles com mesinhas na calçada, vendo o movimento das pessoas e se divertindo com o modo com que soavam as palavras em outro idioma.

É uma pena a gente não ter sabido lidar com os maus momentos, ela continuou. Tinha os olhos marejados. Sabe, ao te ver assim, não posso evitar uma certa tristeza. Uma hora isso deve passar, eu imagino. Fez uma pausa, depois respirou fundo, quase um suspiro. As palavras saindo dela como tinham de ser. Ela percebendo de repente que não havia mais raiva, nem rancor, e que tampouco temia expor-se assim como estava. Demorei a perceber, ela continuou. Do nosso amor restou algo bonito. A fala dela, eclusa aberta. Nele, a voz embargada, invadido por um sentimento que igualmente desaguava. Gabriela provou o vinho devagar, depois deixou a taça sobre a mesa. Por todos esses bons momentos juntos, sou muito grata a você, Luiz. Tinha as mãos pousadas sobre o peito, os olhos translúcidos. Fez que ia sair, que se liquefazia. Disse as últimas palavras, tremulante no turbilhão que vertia dela. Gabriela... ele chamou, fazendo-a voltar. As reticências suspensas, a sua própria respiração. Também sou grato.

Gabriela saiu. A voz dela a ecoar dentro dele. A dele também a reverberar nela. Onde antes havia silêncio, o diálogo improvável. Na despedida, a consonância.

Gabriela foi até o banheiro. As lágrimas jorraram intensas. Lá fora o barulho, as conversas que se espalhavam pela casa, o burburinho distante. Sim, tremiam-lhe as mãos, mas que era aquilo? Há tempos não sentia isso.

Gabriela, você pode fechar a porta, mas com delicadeza. Na sua adolescência, a mãe não se cansava de repetir. Em seu furor batera tantas portas... Teria aprendido? Por fim, fechava aquela. Agora a paisagem se abria dentro dela. Como um cavalo selvagem, podia já sentir o vento.

***

Por detrás da janela, o sorriso dele se iluminou. Sofia não precisou tocar a campainha. Depois de avistá-la, Marco percorreu em passos rápidos o caminho até o portão. Sofia não sabia se iria encontrá-lo, tinha combinado com Laura de passar ali, queria mostrar coisas que escrevera, conversar, pegar um livro que ela disse que emprestaria. Tentava não pensar no seu descaminho, mas então a alegria difusa dele ao vê-la, a disponibilidade livre de ruídos. Ele abriu o portão e ela entrou, o braço se estendendo ao ombro dele para um cumprimento ligeiro, usual. Mas ele, servido de braços muito longos, vinha com os dois, e ela, tomada, redescobria o abraço. Demorado, desses que a gente dá em quem tarda a voltar. Sofia enredada, sem pressa para se soltar.

Marco a conduziu, pedindo que esperasse, Laura já viria. Ele sabia que logo ela estaria ali e tomaria Sofia para si. Podia já ouvir seus passos na escada, lentos como não costumavam ser, chegando quieta, sutil, quase a se mesclar aos móveis, misturando-se à fala deles.

Da fresta aberta, depois da janela toda, o alumiar daquele estar perto. Que Laura assentia, compartia, dividindo o riso, as palavras. A alvura de Sofia imensando neles coisas que não entendiam.

***

Ele só queria estar quieto no seu canto. Paula lhe dizia que não estava só quieto, também triste. E não podia estar?, ele pensava. O pensamento tão grave que era como se o despejasse mesmo sem dizer. Paula não entendia seu recolhimento. Queria extrair-lhe algo à força, mas não era assim. No silêncio aquietava algo de que não tinha controle, fúria incontida que atropelaria qualquer boa intenção.

Queria que ela estivesse ali como presença silenciosa, que não deixaria de ser presença simplesmente por estar quieta. A queria, talvez como terra firme que se avista, mas ela era criatura dos ares, movimento, luz, faísca, espumando azedumes que ele agora tentava não ouvir.

Ulisses se atou ao mastro e pôs cera nos ouvidos da tripulação para que não se entregassem ao canto das sereias. Quanto à Felipe, atirava-se às profundezas, encantado pelo próprio lamúrio, sempre disfarçado de muitas vozes.

Feixes de luz às vezes atravessam bruma espessa. Paula diante de seus olhos, também tragada pela rebentação. Não desiste. Uma braçada depois outra. Na calmaria descobre brechas. Vamos por ali?, ela sugere. O quê?, ele indaga, a voz dela distante, perdida entre o canto das sereias.

***

O dia amanheceu frio e ensolarado como ela gostava. Marco já tinha saído, mas deixara um bilhetinho sobre a mesa da cozinha. Nada muito pensado, as palavras escapulindo dele para o guardanapo. Quase podia vê-lo ali a dizê-las. Tão bonitas que quis ler mais de uma vez.

Atravessara mais da metade da vida com ele, constatou perplexa, como se há algum tempo tivesse deixado de contar os anos. Os fatos em retrospecto a faziam refletir sobre caminhos e desvios que tomara. Preparara o café, desfrutando o silêncio da casa.

Desde a véspera, uma música ia e vinha em sua cabeça. Pusera-se a cantarolar trechos da letra de que se recordava, a voz escapando potente a revelar uma força que então não percebia em si mesma. Seu coração a se lembrar de algo. Algo tão seu. Primitivo, quente, sutil.

Naquele dia fazia 55 anos. Olhando-se no espelho, pensou que gostava da idade que tinha. Quem a visse assim de fora poderia dizer que se punha melancólica. Mas enquanto seu canto reverberava ocupando o vazio da sala, preenchia também outros vazios. E ela, tão cheia de quereres, se vendo completa. Tão rasa e tão profunda.

Você é como um raio de sol, Laura disse de repente, enquanto olhava o sorriso dela. Era assim, abrupta, e suas declarações sempre chegavam intensas a Sofia.

Vamos, abra agora seu presente, pediu Sofia, sabendo que o que gostaria de dar não caberia nunca num embrulho.

Quando se viam fora do atropelo dos almoços, dos cafés, sem os instantes contados, então era a delícia das conversas estiradas. Bom não saber do tempo, perder-se nas palavras, deixar-se ficar num silêncio que às vezes vinha. Aí, arriscar-se a buscar os olhos dela. O receio não era ver o que revelavam. Era fazer-se transparente assim. O que estão vendo, Laura? Que nem eu sei direito. Na verdade Sofia sabia, não tinha dúvida alguma. Aquilo que sentia era tão concreto quanto as pedras na calçada, os objetos ocupando cada qual seu espaço. Podia, talvez, descrevê-los com mais facilidade, esmiuçar-lhes a forma, a tridimensionalidade, a cor, o cheiro. O que sentia era quente, grande, escapava dela. Podia sair feito um abraço, como brilho, suspiro ou uma fala. Podia ficar no silêncio, ocupando-a toda, amolecendo-a, mas também a fazendo forte de um jeito que não entendia bem.

***

Rogério e Gabriela estavam na última volta. Ele podia sentir a respiração dela, marcada, intensa. Gabriela sempre poderia dizer que se punha sem fôlego, as passadas apertadas na tentativa de manter o ritmo que ele impunha à corrida, mas Rogério pressupunha que agora eram outros os silêncios dela. Em condições normais, depois de uma breve retomada, ela tomaria de pronto a fala, o cutucaria. Dessa vez somente um suspiro prolongado. Vamos caminhar, ele propôs. Ela, aliviada, quieta, como se ainda se restabelecesse da arrancada. Acho melhor já irmos na direção dos nossos carros. Preciso sair um pouco mais cedo hoje, ela disse, sem explicar os motivos. Ele também não perguntara, prolongando o silêncio do lado de fora. Dentro, os pensamentos todos travando conversações em círculos, intenções borbulhantes até escapar.

Uma vez você me disse que seria um desperdício estar comigo por uma só noite. Puxa, eu disse isso mesmo, não é? Achei desde a primeira vez que você era ousada. Ela riu. Faz tanto tempo isso. Quase um ano, não é? Acho que eu estava certa desde então. Por que você pensou que seria só uma noite? Ah, Rogério... Eu preciso mesmo responder?

Gabriela o deixou com a pergunta para a qual os dois já tinham resposta. Se despediu, deixando um beijo no rosto dele. Rogério a seguiu com os olhos, até ela entrar no carro. Por que ele fazia perguntas assim? Medindo tanto o passo, para depois tropeçar. E agora aquela coisa besta, alegria repentina que vinha de um repensar. As palavras dela como pedrinhas soltas no chão, cristal esfarelado, brilho desprendido antes de virar pó. Ela havia dito, com aquele seu jeito de dizer as coisas, algo que atravessava o significado aparente. Acho que estava certa desde então. Era isso que ela tinha dito. Quase como uma declaração de amor às avessas. Não te quero porque, no fundo, te quero muito. Era isso que ela queria dizer, não era?

***

Sofia queria enviar uma mensagem, mas não sabia bem o que dizer. Não havia nenhuma grande novidade, talvez o livro novo que começara a ler e era envolvente e triste, o despontar de uma conversa mais íntima que tivera com Carla após silêncios prolongados, um poema ainda fresco, pulsando nas mãos, que tinha pensado em mostrar. Na verdade, não queria precisar de motivo algum para escrever. Há dias não a via e não podia deixar de pensar nela. No seu jeito, quase sempre tão precário, no corpo se movendo mais rápido que o pensamento, na incontenção de uma declaração ou na delicadeza de um gesto, tocava Laura. Talvez devesse dizer, Laura, não sei bem como, não sei de que forma... As palavras tremulando, úmidas, quase palpáveis. Era o que tinha de realmente importante para dizer, não era? As palavras davam voltas, e ela dizia sem dizer.

Laura tão perspicaz, a visão aguçada, quase penetrante, mas de uma distração... O foco tamanho por algo, que o resto se enevoava. Sofia pensava que Laura não sentia nem metade. Que não entendia seu apuro, que julgaria sua fala, ela toda desmedida. Não importava. Não tinha que fazer a contabilidade dos afetos. O extraordinário era perceber que a conta não tinha que bater. Que dava, não porque esperava receber. Dava porque transbordava, era assim que sentia que tinha de ser. A matemática do amor tão inexata, porque aquilo que recebia dela, somava. Aquilo que dava, também.

***

Marco não poderia dizer que seus caminhos eram previsíveis. Como Laura, era movido também pelo fogo. Mas prudente nos atos, cauteloso nas palavras, não era dado a rupturas drásticas, as mudanças maturadas em chama branda. Ele sempre hesitaria entre a segurança e a precariedade.

Das suas escolhas, ela. A história que construíram juntos. O amor em todas as suas nuances. O rosa pálido, o branco dos dias planos, o cinza nebuloso, o carmim do desejo encendido, o vibrante dos dias de sol. O silêncio repartido, a fala coesa ou dividida. A casa cheia. Os filhos. O sorriso dele nos lábios de Marina, o colorido dela nas feições de Renato. A teimosia dele, que era só dele. A urgência dela, que era só dela.

Moviam-se agora incertos. Enfeitiçados pelo delírio do desejo? Ele não saberia dizer. Se assombrava com os olhos dela. A sensibilidade sempre apurada dele, de perceber ali o porvir. O céu anuviado ou o dia mais ensolarado. Dando-se as mãos, tomavam para si uma aparente estabilidade, mas bem sabiam que caminhavam no limiar do desordenamento.

Sofia chegara um pouco antes do combinado, Marco a recebeu. Ela tinha as mãos ocupadas e ele a ajudou com as sacolas. Foram até a cozinha. Trazia os ingredientes para uma sobremesa e duas garrafas de vinho. Melhor deixar na geladeira, ela disse, passando--lhe as garrafas. Será que exagerei?, perguntou, rindo. Somos mesmo só nós três, não é? Sim, Marina e Renato vêm só amanhã de manhã. Vamos nos embebedar, talvez. Quer abrir uma agora? Pode ser. E Laura? Está terminando o banho, deve descer já. Marco também tinha acabado de sair do banho, o cabelo ainda úmido, a barba recém feita, o rosto levemente rosado.

Ele tirou as taças de uma cristaleira, colocando-as sobre a mesa. Procurou pelo saca-rolhas. Ali, sozinhos, pareciam se entregar a uma contemplação tácita, que tão raramente se permitiam. Sofia se aprazia em observá-lo. Gostava de ouvir o estampido suave da rolha se abrindo, as notas líquidas do vinho sendo vertido.

Ainda sem provar a bebida ele se deteve, apreciando o aroma. Muito bom... O que você acha?, perguntou, aproximando a taça do rosto dela. Sofia se demorou uns instantes. Tentava pensar numa descrição apropriada. Ela, que brincava tanto com as palavras, gostava de se sentir desafiada a traduzir o que os sentidos apontavam. Parecia ter um toque frutado. Mas com Marco ali tão próximo dela, outros aromas a seduziam.

Tardou um pouco mais a contestar, como a criar coragem. Também gosto, ela disse. Mas acho que prefiro o seu perfume, disse se aproximando mais dele. Levemente doce, amadeirado... Falava em tom de brincadeira, como um enólogo em degustação, talvez a disfarçar aquela sua pequena ousadia. Quantas vezes aquele perfume ficara presente nela, enquanto deslizava pelo salão, tomada em seus braços. Marco riu, demorando-se diante dela. Um pouco mais e se permitiria algo atrevido como ela fizera, porque agora parecia que já se acercavam com mais estreiteza. Sofia se desconcertava, não sabia como abarcar o arrebatamento, a delícia de ver os olhos dele pousados sobre ela. Marco encheu a taça e a serviu. Bebericavam os primeiros goles quando Laura apareceu. Chegou falante, numa alegria incontida. Sofia dividida, num fascínio que não entendia. Laura proferia suas ideias em abundância. Ele se ria por tamanha veemência, às vezes a provocava. Sofia se entusiasmava, gostava de ver as mãos dela se movendo, os olhos luminosos, verdes, chispantes.

Marco serviu a Laura um pouco de vinho. Enquanto lhe passava a taça, olharam-se por instantes que pareceram longos. Laura aquietou-se como a apreender o que as palavras não falavam. O desejo escapava dos olhos. Reconheceu-o nos dele, tanto quanto ele podia reconhecer nos dela. Talvez também Sofia, ela achava, que se fazendo de divagante, apanhava pensamentos e intentos no ar. Igualmente ela, deduzia Laura, parecia se entregar àquele querer incerto. Assim, sem saber onde começava e terminava o desejo, sentiu que por fim dariam um passo.

Por fora se articulando com desenvoltura, aparentando-se tão segura da situação, por dentro, o pulsar agudo. A permissividade de Laura tinha um quê de malícia. Vocês estão com fome?, ela perguntou. Sim, sabia que tinham, mas não se arriscariam tanto pelo desejo, supunha ela. Não era simplesmente isso o que lhes movia.

Na cozinha prosseguiram a conversa. Marco mesclando os temperos, compenetrado, Laura, naquele seu dinamismo preciso. Vocês querem que eu ajude em algo? Não, Sofia, fique quietinha aí onde está, você já vai fazer a sobremesa. Posso pelo menos arrumar a mesa? Os dois riram, entendendo que ela não podia somente sentar-se sem fazer algo. Em sua casa, Sofia sempre estava recebendo alguém para um almoço ou jantar. Gostava que, agora, estivessem cozinhando para ela.

Panela ao fogo. Nos instantes da espera, Laura observava Sofia, que buscava os talheres. Da agitação anterior, agora seguia com delicadeza. Arrumava a mesa como se não fosse algo corriqueiro, cada gesto carregado da sua presença. O olhar de Laura então encontrou o de Marco, que também acompanhava Sofia. Aí, fitaram-se os dois, transparentes, vulneráveis. Ela lhe sorriu, um sorriso desprovido de certeza, preenchido de uma alegria rarefeita.

Quando começaram a comer, deixaram-se ficar num silêncio demorado, entrecortado apenas pelo tinir dos talheres. Eu sei que sou suspeita pra dizer... mas está tudo divino, não? Os elogios de Laura sempre se colocavam grandiosos naquele seu jeito eloquente de falar, pensava Sofia. Está tudo muito bom mesmo, respondeu.

Veja como você come, Sofia. De uma elegância... Sofia comia lentamente. Quando algo lhe parecia bom, detinha-se por mais tempo, como a afinar os sentidos. A elegante aqui é você, Laura, ela devolveu. Isso é verdade, mas quando come, é mais como uma leoa faminta, respondeu Marco em meio a uma risada. Ela concordou, rindo também.

Sofia notou os olhos dos dois cravados nela. O que é isso que estão fazendo?, ela pensava, sem conseguir desviar o olhar do prato à sua frente. Acho que estamos te constrangendo, não?, soltou então Laura, naquela impulsividade costumaz. Deixa que te olhemos, Sofia, você está tão bonita. Sofia sorriu embaraçada, não tinha o mesmo despojamento de Laura nem a mesma dose de impetuosidade de Marco. Parecia não acreditar no que transcorria. Teriam bebido demais? Melhor era que ela bebesse um pouco, talvez lhe desse discernimento. Ou coragem, o que parecia mais provável.

Os pratos já vazios, achou bom recolhê-los, o ato mecânico e despretensioso a trazendo a segurança das coisas já sabidas. Laura sugeriu que os deixasse sobre a pia, os lavariam depois. Mas Sofia precisava lavar a louça. Precisava. O tom da sua voz firme o suficiente para que Laura não insistisse no contrário. Assim damos um tempo antes da sobremesa, ela se justificou em seguida. Tempo. Parecia precisar de tempo. Haveria tempo certo? Tão simples se as suas incertezas se dissipassem como o sabão sobre a água.

Marco abriu a segunda garrafa de vinho. Sofia secava as mãos quando ele lhe estendeu a taça. Ela aceitou, sem hesitar. Experimentou a bebida, com ares de aprovação. Laura tomou a taça de suas mãos, provando, e em seguida compartilhando-a com Marco. Certos gestos traziam códigos implícitos que Sofia entendia, mas parecia duvidar.

Vamos fazer a sobremesa?, ela sugeriu, já separando os ingredientes que trouxera. Vendo-a quebrar a barra de chocolate em pedaços, Laura se aproximou, mordiscando um deles sem resistir. Sofia colocou-os na panela, derretendo-os em fogo baixo. Dava-se conta de que ela também se derretia, mirando-os de soslaio. Estavam os dois ali tão perto, Marco recostado junto à pia, Laura acomodada a seu lado.

Acrescentou um pouco de manteiga e tirou de um potinho a mistura de especiarias. O cheiro parecia tão bom. Polvilhou um pouco sobre a calda, pondo-se então satisfeita. A hora mágica, disse Marco, que junto com Laura a observavam. Marco acha que seus pratos são afrodisíacos, Sofia. Ela riu, se deliciando com a ideia. Vocês não sabem dos artifícios de que faço uso, respondeu, entrando no jogo. Marco acariciava a mão de Laura e ela o olhava com seu sorriso aberto, tocando-lhe o rosto com a ponta dos dedos. Depois o beijou. Não um leve toque de lábios, como seria o de se esperar, tendo ali Sofia como espectadora, mas um beijo ardente, provocador, como se o vinho também lhe subisse. Sofia ficou contemplando aquele beijo, achando-o lindo e se sentindo estranhamente excitada. O aroma do chocolate se espalhava pela cozinha. Desligou o fogo e esperou.

Os dois se desvencilharam com naturalidade. Sofia, sem poder disfarçar a efervescência dentro de si, começou a despejar a calda num recipiente, mas ainda a observá-los. Ah, que desatenção a minha, murmurou ao deixar parte da calda cair sobre a pia. Continuou colocando o restante e percebeu que eles se aproximavam. Eu não desperdiçaria isso, disse Marco, passando o dedo sobre a calda derramada e levando-o à boca.

Está bom? Eu não provei. Está uma delícia. Ele agora olhava para ela com certo atrevimento, sem deixar de olhar também para

Laura. Sofia tentava ler a expressão de Laura sem entender bem o que acontecia. Ou talvez entendendo, mas...

Marco tinha os olhos fincados em Sofia. Passou novamente o dedo sobre a calda, mas dessa vez levando-o em direção à boca dela. Sofia olhou para os dois, sua respiração temporariamente suspensa, as faces ardendo. E também ardia Laura, num prazer desconhecido, como a dizer a ela, vá adiante. Sofia fechou os olhos, sua boca se aproximou lentamente, provando o chocolate. Ela lhe sugou o dedo, depois tomou a mão dele, beijando-a vagarosamente. Marco, inflamado ao toque dela, sentia cada beijo como se ela lhe roçasse o corpo, seu vigor tentado pela sutileza dos seus gestos.

Parte do chocolate se espalhara pelos lábios de Sofia. Laura trouxe a mão junto ao rosto dela, um dos dedos limpando com suavidade o canto de seus lábios. Depois se aproximou. Tão perto que Sofia podia sentir sua respiração. E então os lábios quentes de Laura sobre os dela. Sua língua provando os resquícios da calda.

Um arrepio percorreu seu corpo. Sofia a beijou com intensidade. Sentiu Marco mais perto, a mão percorrendo-lhe o braço, o ombro. Afastou seus cabelos, beijando-lhe o pescoço. Então beijou a boca de Marco, os corpos dos três a se tocarem. Laura, atracada aos dois, continuava a beijar Sofia, a língua percorrendo sua orelha, mordiscando de leve o lóbulo.

Sofia esparramaria-se entre os corpos deles, as mãos ávidas a lhe tocarem. Laura então sussurrou algo em seu ouvido. Não precisou responder. Marco tomou uma de suas mãos, Laura a outra. O tumulto em seu coração. Achou que lhe faltariam as pernas. Que se perdia. Mas ali, subindo as escadas devagar, entremeada por aquele desejo voraz, pensou que, por fim, se encontrava. Tocando então o sentimento agudo que não sabia nomear e que há tempos a inundava como uma chuva torrencial.

Sofia não se recordava de algo tão intenso. Pensava-se saciada, mas, ao mais leve toque, voltavam a se enrijecer os mamilos. Queria prender-se a eles, impregnar-se de seu cheiro. Por fim, exaustos, deixariam-se ficar, os corpos enlaçados, ainda trêmulos. Naquele silêncio sereno que se abria entre eles, Sofia contemplava a beleza esguia de Laura. Ela não era mais uma mulher jovem, mas sua pele ainda era macia, as longas pernas fortes e vigorosas.

Sofia fechou os olhos, sentindo-se em devaneio, a mão quente de Marco repousando em seus quadris, as de Laura ainda percorrendo seu corpo em suaves carícias. Talvez tivesse cochilado ali, nos braços deles. Não saberia mensurar o tempo. Quando despertou, deparou-se com os olhos dela, verde-luz. Sorriram uma para a outra. Laura aproximou-se mais para beijá-la, depois acariciou Marco. Perguntou se queriam algo de beber, que o vinho lhe dera uma sede danada. Tinha frio agora, achou melhor se vestir. Então deixou o quarto.

Sofia também começava a sentir frio. Agarrou-se ao corpo de Marco. Demorou-se ali, atrelada a ele, depois desvencilhou-se, esparramando-se pela cama e se espreguiçando. Os dois se observando sem os desconcertos que antes os tomavam. Sofia ainda descobria o corpo dele com os olhos, enquanto ele a tocava com delicadeza, esquadrinhando cantos inexplorados. Marco não sabia a localização exata das pintas que lembrava de ter visto em suas costas descobertas, mas saberia bem imaginar-lhe o cheiro na sua ausência. Sabia o espaço que ela ocupava em seus braços. Conhecia seu alento, o compasso da respiração, o seu quase suspiro. Por sobre o vestido, seu corpo aprendera a forma que tinha o de Sofia, seu rosto sabia da textura da pele dela. A intimidade de agora era desdobramento de outra que nascera de um abraço. Ele se lembrava daquelas primeiras vezes, dos corpos unidos numa pausa prolongada. O tremor dela, que não era só a insegurança de não saber os passos. Pensava nisso enquanto a olhava. Seus olhos não em revelação, nem em descoberta, apenas a compreensão daquilo que os outros sentidos já haviam antes desvelado. Você é tão bonita, ele disse. Ah, são os seus olhos, Marco. Não, não eram.

Sofia pensava que talvez sonhasse. Aqueles sonhos que se fazem palpáveis. Era como se as coisas, de tão novas, precisassem ser ditas para se fazer críveis. Vocês já fizeram isso antes?, ela perguntou de repente. Tinha um riso malicioso nos lábios, e também ele. O riso como uma embriaguez, dessas que tomam aqueles num estado entre a euforia e o desvario. Não, nunca trouxemos alguém pra nossa cama antes, se é a isso que você está se referindo. Também nunca tive mais de um em minha cama. Depois fez uma pausa, respiro antes de uma confissão. Também nunca tinha estado com uma mulher antes.

Quando Sofia partiu, restou um silêncio cálido entre eles. Voltaram para a cama e ficaram por um longo tempo abraçados. Na manhã seguinte, Laura acordou com as mãos de Marco acariciando seu cabelo. Ele a puxou para mais perto de si, abraçou-a com força, como se o assombrasse a ideia de perdê-la.

Quando se conheceram eram tão jovens, os dois. Ela era a inquietude, o fogo nos olhos, queria ver por detrás da paisagem. Aquilo o deixava apreensivo, mas também o excitava, fazia arder uma chama antes branda. E a amava por sua obstinação e valentia. Ela dizia, vem, me dá sua mão. E iam os dois.

Tantos caminhos percorridos juntos. Mas ainda havia aonde ir. E se olhavam e se davam as mãos como se perguntassem um ao outro, vamos?

Pensativos. Foi ela a romper o silêncio, porque já se punha inquieta no seu anseio de perguntar. Você gostou, não é? Sim, ele respondeu, sorrindo. Um resposta assim monossilábica, em que cabia a vastidão de seus sentimentos. Você também, ele disse, não a perguntar, mas enfaticamente reconhecendo aquilo que ela apresentava de forma tão sincera.

Laura queria perguntar muitas coisas, mas não sabia por onde começar, não estava bem certa nem das respostas aos seus próprios questionamentos. Quis saber como ele se sentira vendo-as juntas, se isso atiçara o desejo, porque ver Sofia se lançando sobre ele com tanta gana... ela sentira ciúmes de início, e se agarrara a eles, interpondo-se entre os dois, só fazendo aumentar a ânsia. Desejando um e querendo mais o outro.

Ele demorou a falar, como se ainda maturasse o sentir. Laura o esperava numa escuta paciente, as mãos acariciando seu peito nu. Deleitaria-se, então, nas confissões que ele faria, no seu jeito despaçado de falar, mas não menos revelador. Havia ainda mais uma pergunta, latente nela. As palavras quase se desprenderam, mas as reteve dentro de si. Teriam ido longe demais? A questão ecoava e, como argila úmida sendo moldada, assumia nova forma e proporção. Longe demais... O que seria longe demais?

Sofia poderia ter escolhido um caminho mais simples, se apaixonado por Miguel, ou melhor ainda, por alguém mais disponível, e que, como ele, a fizesse rir e sentir-se admirada. Mas parecia apreciar as coisas intrincadas.

O corpo estirado sobre a cama, lânguido, tomado de prazer. Meras lembranças da noite anterior despertando novamente o desejo, abundante. Não tinha dormido muito, mas sabia que não voltaria a adormecer. Ainda assim, deixou-se ficar na cama, imaginando o que Laura e Marco fariam naquele instante, se ainda dormiriam e, se despertos, o que falariam, que sentimentos os atravessariam. Pegou uma folha em branco pensando em despejar seus anseios desenfreados, mas a caneta não se moveu. Pensar estava sendo tortuoso. Sabia que não podia capturar o tempo e pesava a indefinição dos instantes que se seguiriam.

Foi ao banheiro, lavou o rosto. Abriu a janela, colocou uma música de que gostava, trocou de roupa, tomou café. Antes que a lassidão do domingo a tomasse, já estava decidida. O dia estava aberto, de um azul estirado, sem nuvens. Fechou a porta, entrou no elevador e saiu. A manhã ainda se fazia fresca. Gostava do silêncio das ruas àquela hora, mais vazias que o normal.

Sentia-se tomada de tanta energia. Os caminhos que percorria todos os dias, os prédios cinzas da cidade, uma árvore que de repente se pusera florida, uma mãe conduzindo seu bebê no carrinho, tudo então lhe parecia de um colorido distinto. Seu corpo num ardor incisivo. Cenas em retrospecto como fagulhas luminosas a incendê-la. Em um canto, recolhido, havia também o medo. Atravessou as sombras das ruas recobertas de prédios e entrou na praça, clareira aberta na cidade. Os acontecimentos da noite anterior como partículas em suspensão. Sofia caminhava sob superfície etérea. Deitou-se na grama, na tentativa de estabelecer contato com o chão que parecia lhe faltar.

Logo Renato e Marina chegariam. Por toda a semana ansiara por essa vinda. Gostava de ter os filhos reunidos, a casa cheia com seus ruídos, as conversas atravessando as portas entreabertas. A presença deles a ocupar espaços desabitados. Agora, punha-se dispersa, a espera diluída naquele sentimento dentro dela, uma alegria ondulante, incontida. Sofia não lhe desgarrava os pensamentos.

Marco tinha posto Ella Fitzgerald para tocar, o que quase sempre a fazia se imaginar dentro de um daqueles filmes do Woody Allen. Construído o cenário, se poriam um diante do outro, ávidos da fala, as palavras tomando o lugar da música, enquanto tomavam café. Mas não. Ele tinha se sentado ali de frente para ela, apenas desfrutando seu café e um pedaço de pão com geleia de morango, enquanto a olhava sem precisar dizer nada. *Let's do it*. A voz de Ella se esparramando como uma invocação.

Ela tinha se levantado um tanto abrupta para pegar o celular e voltara a se sentar com ele nas mãos. Marco, com a boca cheia, resquício de geleia transbordando pelo canto dos lábios, indagava com os olhos o que ela fazia. Hesitara por alguns instantes e, depois, como faria tantas vezes, prática, retilínea, escreveu. Pronto, ela disse. Não precisou reler.

Do outro lado da cidade, por entre o voo dos pássaros, pousaria a mensagem sobre o gramado ensolarado. Sofia se deparou com as três palavrinhas. Pensando em você. Laura, mais concisa que um haikai. Sorriu, sentindo o longe ficar perto. Ecoariam nela ao longo do dia, adensando o sonho.

Já era noite quando ouviu a voz dele. Como se a ausência também lhe fosse longa, como se tremulasse, mas precisasse mostrar-se inteiro. Como se precisasse do contato, mas sem insinuar.

Sofia havia atendido na prontidão desvelada dos apaixonados. Pensava que haveria de pisar com suavidade, como sobre gelo quebradiço, mas como se mover assim? Por mais que tentasse a contenção, entornava o sentir, impaciente, pungente.

Estou tão feliz por terem ligado, ela disse. Sabia que aquilo que sentia não era comum. Marco e Laura numa mudez precária, cada passo adiante a lhes parecer como um ato inconsequente.

Eu entendo se vocês acharem que não devemos prosseguir com isso, ela pensou em dizer. Mas, no íntimo, ela não sabia o que faria se não pudessem prosseguir. Como um nó apertado, não saberia desatar. Sofia não queria expor seus temores, antes a flama, esse bem-querer que a tomava e era agudo.

Não consigo ficar sem pensar em vocês, ela confessou. Também eles não conseguiam, mas digeriam num silêncio demorado. A incerteza dos instantes não era só de Sofia. Temiam brincar com o que havia de mais delicado.

A semana começaria diferente, a concretude das tarefas e obrigações cotidianas a se chocar com a atmosfera rarefeita em que se encontravam. O prazer, como sabor que perdura na boca, agridoce. Os dias se faziam nebulosos, inquietos. Sofia queria estar perto e a espera se abria como um vão entre eles. Nos pequenos gestos buscava mais que indícios, mas queria as palavras retas.

Combinaram um almoço. Quando chegou, os dois já estavam lá. Avistou-os de longe. Tinham um ar sério, pairava um desassossego. Viram Sofia se aproximar. Aquele encontro aberto à apreciação alheia parecia os colocar vulneráveis. Marco numa contenção exagerada, Laura comedida nos gestos. Também ela não sabia bem como se portar, mas extravasava seu sorriso. Temia sufocá-los no apego, descolar-se deles por um querer desmesurado, então respirava, observava a própria inquietude, tentando falar devagar.

Aos poucos se soltariam. A fala estirada, às vezes até arrebatada de Laura, a doçura discreta de Marco. A presença deles a inundá-la de calor, de uma alegria desprendida. Sofia planando, guardando a confissão para os últimos instantes.

Acho que é loucura isso entre nós, ela disse. Mas eu quero mais dela.

***

Então você é a famosa Gabriela. Ela sorriu, sem poder deixar de olhar para Rogério, que parecia hesitar entre repreender o amigo ou simplesmente fazer de conta que a palavra "famosa" tinha estado ali por força do hábito. Gabriela o cumprimentou, tomada de surpresa num abraço caloroso. Então aquele era o Marcelo. Ela já tinha ouvido tanto sobre ele, mas não imaginara que seria um cara assim bonachão, daqueles de quem o sentimento extravasa só de mover as mãos. O sorriso maior que os lábios, escapulindo pelos braços a apertar também Rogério.

Onde vocês querem se sentar? Naquela mesa ali perto da janela, acho que está bom. Beberam algo antes de pedir os pratos. Gabriela quis saber mais sobre Marcelo. Pensar que em sua cabeça, daquilo que Rogério lhe falara, construíra uma imagem tão diferente do melhor amigo dele. Achava que vocês fossem mais parecidos, confessou num determinado momento. Você deve estar decepcionada então, soltou Marcelo em tom de deboche. Ter um amigo assim boa pinta e ainda se parecer com ele… Marcelo era visivelmente gordinho. Mas eu não estava me referindo ao físico, vocês são bem diferentes em todo o resto, não é? Dava pra perceber só por aquela breve conversa. Marcelo transbordante, sem resguardos, a fala não muito pensada. Contou a ela algumas histórias deles. Coisas bobas de meninos, que Rogério, querendo parecer tão mais sério e maduro, certamente não contaria. Histórias divertidas que a tinham feito rir. Depois foi a vez dele de perguntar sobre ela, descobrir coisas que Gabriela falaria facilmente diante de olhos assim atentos.

Vocês dois falam pelos cotovelos, Rogério reclamou em seu canto. Conta a verdade, você está adorando essa falação. Enquanto nos expomos, você só fica aí, na mais pura observação. Marcelo soltou uma risada, malicioso. Taí, descobri algo em que são parecidos. Vocês têm a mesma risada. Sim, foi a vez de Rogério falar. Até hoje não descobrimos quem é que pegou emprestada de quem.

Há quanto tempo vocês se conhecem? Desde os dez anos, não é? Rogério respondeu, esperando Marcelo confirmar, porque era ele o mais certeiro nessas coisas de datas. Tão bom ter amizades assim duradouras. A Paula é uma das minhas amigas mais antigas, o Rogério trabalha com ela. Na vida a gente esbarra em tantas pessoas, mas com algumas é mesmo um encontro, né? Ficaram um tempo quietos, aquela última frase ressoando, Marcelo pensando que era bonito isso que ela dizia, deixando a mente levá-lo longe, para outras trombadas, junturas.

Vocês vão querer sobremesa, café? Rogério cortou o silêncio que parecia não caber naquela mesa de seres tão falantes. Acho que vou dar uma espiada no balcão pra ver o que é que tem. Ficaram a sós, ela e Marcelo. E com ele, você acha que é um encontro? Marcelo a pegara de surpresa mais uma vez. Ainda não sei, mas parece ser bem mais que um esbarrão.

Ele gosta de você, Gabriela. Sei que é difícil para o Rogério dizer essas coisas. Talvez sim, talvez ele goste de mim, ela quase sorriu ao dizer. Algo suspenso no ar. Mas por quanto tempo, Marcelo? E o peso das palavras já tinha derrubado o meio riso.

***

Os segundos se consumiam vagarosos, Sofia movia-se inquieta pela casa, o coração fora de cadência, a julgar que acelerando dentro, apressaria o fora, mas o relógio se movia em um tempo paralelo, impassível a seu pulsar. Tentava se distrair com pequenos afazeres. Quando o interfone tocou, disparou até a cozinha. Já na sala, respirou fundo, olhou-se no espelho. Esperou a campainha soar. A contenção delimitada por aquela fronteira. A porta. Podia já tê-la aberta, porém achou que não caberia se mostrar como um animal selvagem à espreita. Mas tinha fome e a fome se mostrava nos olhos.

Eles entraram e ela na alegria esparramada de tê-los ali. Laura tomando uma de suas mãos, Marco se aproximando, os dedos percorrendo seu rosto, seus lábios, deslizando por seu pescoço. O rosto tocando o dela, sentindo-lhe o cheiro, a reminiscência sutil que se atracara a ele naqueles dias de ausência. Eram eles a refreá-la, mas também a provocá-la. Marco tão perto e Sofia desejosa de seus lábios, que escapavam. Também os de Laura, quentes, úmidos, percorrendo seu pescoço. Os dois tão famintos quanto ela, mas como num jogo, a incitar o fogo. Marco beijou a boca de Laura, sabendo que a tentava. Sofia deixou seu corpo se enroscar aos deles, sem poder suportar a espera. Calma, Sofia, ele sussurrou em seu ouvido, como já fizera tantas outras vezes enquanto dançavam, e ela, eufórica, se precipitava no movimento. Depois a beijou. Sofia se entregando, nem devagar, nem rápido. Sendo simplesmente e pondo-se por fim em sincronia com o tempo.

Acordou com os dedos de Laura em seus cabelos. Sorriu sem abrir os olhos. Deixou que ela continuasse, as mãos se movendo delicadas. Depois, aproximou-se dela, apertando-a contra si. Deixaram-se ficar assim em preguiça, as pernas trançadas, Sofia ainda envolta em resquício de sonho. Sentiu a aproximação de Marco, a barba por fazer a lhe roçar as costas, a calcinha escorregando de suas pernas pelas mãos dele. Na imprecisão das palavras, eles falavam com o corpo, mãos e línguas que a atravessavam.

***

Felipe se lembrava da avó, com ares de adivinha, virar-se para ele, pedindo, vai pegar o óculos do seu avô, ele deve ter esquecido lá na sala. O avô, ao lado deles, sem ter dito nada. Ela era capaz de ver tudo no átimo de um gesto. Sua mãe parecia ter herdado o talento, igualmente podia antecipar palavras na boca do pai. Felipe gostava de pensar que o amor podia dotar os casais de uma capacidade telepática. Queria acreditar que o legado também cabia a ele. Às vezes, chegava em casa do supermercado trazendo coisas que Paula não tinha pedido, mas que sabia que ela ia precisar. Paula dizia que eles estavam em sintonia, talvez, alimentando a mesma ilusão. Dois tontos românticos, isso é o que eles eram.

Seria mais fácil se muitas coisas não precisassem ser ditas, e que eles fossem mesmo providos dessa tal de telepatia sentimental. Se pudesse chegar em casa, jantar ao lado dela, sem precisar contar nada do seu dia, porque às vezes não havia muito ali que valesse a pena. Que de olhá-lo, ela pudesse saber que ele não tinha tido um dia muito bom, e tampouco precisasse dizer algo de volta, porque ele entenderia em seus gestos a preocupação e as boas intenções.

Nos últimos meses, porém, ele não tinha sido capaz de entender nem bem as palavras redondas, postas na mesa. Como se falassem idiomas distintos. Captar a sutileza de uma expressão, um meneio qualquer, era querer demais.

Então, subitamente, de uns tempos para cá, tinha dado para adivinhar. Aquilo que vinha depois das reticências, gestos que seguiam uma fala. Mas não era o poder da telepatia. Tampouco a sintonia de que ela falava Era a repetição. Seus pais e avós teriam também passado por aquilo? Ou seriam seus olhos, ainda intactos do mundo, que viam beleza onde, de fato, havia só automatismo?

O olhar conhecido que Paula pousaria sobre ele depois de ter dito coisas que já estaria farto de escutar. E tinha mais. Sim, ele sabia o que vinha depois. A elevação na voz, a contenção, seguida de uma precipitação desesperada. Por que os dias se repetiam dessa forma, como se estivessem à deriva?

Às vezes um céu tão azul, o sorriso extravasado pelos olhos dela, que até pensava que seria diferente. Novas conversas se abriam e aquilo parecia ficar para trás, mas então, implacável, vinha tudo igual, sem importar que a paisagem fosse bela, que o dia fosse de festa, que ele repudiasse antigos comportamentos, que se imaginasse novos futuros. Tal como previsto, eles estariam ali, desempenhando o mesmo papel.

***

Antes ia quase sem pensar, os cabelos de fogo espalhando chispas no vento. Gabriela, que de menina pulava o muro no terreno baldio, entrava em briga para defender a irmã e fazia perguntas sem se sentir tola por não saber. A Gabriela que crescia e descobria lugares desconhecidos ria alto sem esconder o pensamento, dizia as coisas sem receio de não gostarem. Que um dia tinha beijado Luiz, quando ele não esperava, pensando que alguém como ela não poderia realmente estar interessada por ele.

O amor, agora, como porcelana antiga que se arrisca pôr à mesa. O desejo criança pulando ao redor, prato oscilante nas mãos. Pequenas lascas à mostra, vindas com o tempo. Também o medo. Medo das coisas que se espatifam.

Sexta à noite convidei uns amigos pra comer uma pizza em casa, Rogério tinha dito, interrompendo seus pensamentos. São só alguns poucos amigos, gostaria que você fosse, Gabi.

Eu vou, ela disse. O vento repentino, o farfalhar das árvores acima deles, a pontinha de azul descoberto entre as folhagens. Eu vou, ela repetia a si mesma, flertando com a alegria incerta do desejo. Querendo, de verdade, outras coragens.

***

Sofia esperava, revolvia-se, afoita, buscava a proximidade. Também eles, desejosos do contato, acercavam-se, mas incertos. A verdade é que se punham num silêncio temeroso, comunicando-se nas entrelinhas, na intimidade licenciosa que se instalava entre eles.

Você está livre no próximo final de semana?, perguntou Laura. Os instantes lentos da ausência precipitados. Sofia e seu coração trôpego, ávido pelo encontro. Do outro lado da linha, Laura não veria seus olhos chamejantes, mas era como se não precisasse esperar a resposta. Venha para nossa casa, ela disse. A voz sem oscilações, aquele jeito de Laura dizer as coisas, tão certa.

O desejo incidia sua luz sobre as coisas, uma luminosidade ensolarada em seus corpos incandescentes. Laura tentava ver por entre os filtros que se sobrepunham ao olhar. No seu racionalismo apurado, questionava-se exaustivamente, mas também vertia seu gozo. Tingia o papel com o calor dos sentimentos, querendo articular o que latejava no corpo. Pensava se isso era necessidade de entendimento ou se o exercício em si era tentativa de capturar o tempo.

Queria ir adiante, mas... Era sempre se esgueirando pelos abismos que as melhores paisagens se abriam?

Laura movimentou-se, deitou-se de costas sobre a cama, ainda entre os dois. Podia agora ver o rosto de Sofia, a mão dela assentada sobre sua barriga, encontrando-se com a de Marco.

O que é isso que nos acontece? Sofia sorria, os olhos grandes, contemplativos. Era sempre ela a indagar aquilo que eles faziam em silêncio. Não era bem uma pergunta, talvez deslumbramento. No tangível da pele, tentavam prender-se à realidade que se apresentava vaporosa. O que vem depois? Sofia continuou. Agora, sim, a pergunta, que fazia também a si mesma. Adiava e adiava, mas já não podia.

O que você gostaria que acontecesse, Sofia? Ela não achou ruim que Marco lhe devolvesse a pergunta. Ela temia era que desviassem os olhos, que as palavras se dissipassem, como não ouvidas, ausentes. Mas eles a olhavam. Ela demorou um pouco antes de começar a falar. Precisava de um artifício. Podia fazer com eles como fizera tantas vezes com Carla. Mamãe, me conta uma história. Às vezes não queria nenhuma que já estava ali nos livros, tinha de ser inventada. E das coisas corriqueiras Sofia puxava um fio, depois outro, da voz escapulindo imagens. Podia tentar fazer igual. Podia fazer como tantas vezes tinha feito nos começos de ano. Ainda menina, via a irmã fazer e refazer sua lista de resoluções pessoais, achando aquilo tão amador, já que podia usar a imaginação e dos sonhos inventar suas próprias histórias, tocar o futuro nos detalhes.

Sofia limpou a garganta. Impostou a voz, como se quisesse deixar claro que brincava. Mas nem brincava tanto assim, o que fazia era tatear as coisas de dentro.

Era um dia frio, chuvoso, disse Sofia. Ela preparava uma sopa, eles conversavam. O caldo fumegante vertido nas tigelas aludia a seus próprios sentimentos, derramados sobre eles. Fez uma breve pausa, antes de prosseguir. Marco parecia intrigado, ainda sem entender. Laura a olhava fascinada. Sempre tão engenhosa, pensou. Falando de si mesma na terceira pessoa e divagando sobre eles como se contasse uma história. De repente estavam ali no enredo que esboçava espontaneamente, as cenas se recriando dentro de Laura. Sofia, compenetrada, continuou sua fala.

Enquanto conversavam, enquanto lambiscava a sopa pela borda esperando que esfriasse, ela podia sentir. As coisas menores e aquilo que era vasto. O aroma do alecrim, o cheiro da grama molhada entrando pela janela, os grilos cantando, um cachorro latindo ao longe, a quietude da noite misturada a suas próprias vozes. A chuva tinha voltado a aumentar lá fora e também ela se precipitaria, não de tristeza recolhida, mas de um contentamento crescente. Esconderia os olhos enquanto buscava algo na geladeira. Achava que isso de encontrar as coisas numa casa que não era a dela, de saber o lugar a que pertenciam, era porque já se fazia entranhada demais a eles. Quando voltou à mesa, entre as falas dos dois, deixou escapar que se sentia grata por compartilharem com ela aquele amor que tinham um pelo outro.

Marco, que tinha se virado para olhá-la enquanto narrava a história, agora voltava a se deitar, os olhos em direção ao teto, submersos. Ah, sempre ela a rebentar comportas. Nas palavras que vinham despretensiosas, pra revelar na simplicidade sua beleza furtiva. Sofia parou por uns instantes, como se refletisse. Talvez aquele tivesse sido um jeito estranho de dizer as coisas. Seus olhos longe, divagantes.

E então?, ele perguntou, o fio da história a seduzi-los. Agora... agora continuarei por mais mil noites, ela disse, rindo.

Sofia desce as escadas, tentando decifrar a música, na voz distante de Laura em seu cantarolar. Da janela a avista atravessando o quintal, os passos apressados. Sofia entra na cozinha e dá com Marco, o pão saltando da torradeira, o café recém-passado. Laura aparece pela porta da lavanderia instantes depois. Bom dia, dorminhoca, e se aproxima dela, beijando-a. Diz que já tinha molhado as plantas, posto a roupa para lavar e que se sentaria agora para tomar café com eles.

A mesa está posta e há três lugares. Nada de se estranhar porque são três. Talvez muito a se estranhar porque, até bem pouco tempo, eram apenas dois a dividir aquele espaço. Até bem pouco tempo, ela não estaria ali, com os cabelos ligeiramente despenteados, a cara ainda de sono, vestindo apenas uma camiseta e os pés descalços. Pensa se não voa demasiado alto, pequeno rastro na história deles.

Sofia queria as manhãs assim estiradas. A intimidade do cotidiano os envolvendo em algo maior para o qual se abriam, ainda que hesitantes. Tomaria café com eles e, depois, quase certo que partiria. Cada um ocupado em seus espaços e tarefas e ela ainda tentando descobrir seu lugar. O depois, nunca se sabia. Eles com seus ardores, mas também com seus silêncios carregados, pendendo entre os arrojos e a certeza dos caminhos já traçados.

A xícara de café vazia. Migalhas sobre os pratos. Marco notando que o relógio tinha atrasado mais uma vez, decerto tinha de trocar as pilhas, que já estavam fracas. O tempo esticado de outros modos, a conversa dando voltas. Um pouquinho mais de café, você quer? Um sábado de manhã como tantos, em que a qualquer momento poderia irromper uma urgência. As compras por fazer, as roupas para estender, os afazeres domésticos, trabalhos pendentes. Laura iniciando o seu vai e vem pela casa, os ares se movendo já sinalizando a Sofia o instante da partida. Mas não. Marco tinha recolhido a louça, Laura ainda junto à mesa, os dedos dela, compridos, esticando-se mais para alcançar a mão de Sofia. E então as palavras, daquele seu jeito quase sempre impulsivo, atropelado de vontade. Fique mais um dia. Como ela podia não ficar? Sofia queria amar e amava tanto que até doía.

***

A espera a cada vez que a campainha tocava. Agora era ela. Rogério sabia de ouvir-lhe a voz. Podia apressar os passos da cozinha até a sala, mas preferiu o movimento contido de quem não quer revelar excessos. Alguém já tinha aberto a porta para Gabriela, Marcelo a tinha visto chegar e se ocupava de fazer as apresentações. Ele chegou, abraçando-a e trazendo-a para perto do pequeno grupo que conversava na sacada. Gabriela reservada, ainda que nunca pudesse ser de todo discreta. Uma mulher daquela altura, com cabelos vultuosos de um tom quase avermelhado, não costumava passar despercebida. Rogério foi deixar na geladeira a bebida que ela trouxera. Gabriela, com um copo de cerveja nas mãos, se atentava a uma conversa. De início, silenciosa, observadora, porque, tirando Marcelo, os outros amigos dele eram todos novos para ela. Depois, aos poucos, a Gabriela que ele conhecia, curiosa, lançando perguntas, defendendo seus pontos de vista com ardor. Nela, sempre a intensidade, o vibrante da fala que reverberava algo indefinido dentro dele. Olhava para Gabriela com olhos que se enchiam.

Num momento depois do jantar, ela parou diante de uma parede repleta de fotos. Paisagens, em sua maioria, que ela deduziu serem registros de Rogério. Tão bonito seu trabalho. Eu já tinha visto fotos tuas, mas no celular. Não é a mesma coisa, né? Vem cá, ele disse, puxando-a pela mão. Vou te mostrar mais algumas. Levou-a para um quarto que ele usava como escritório. Enquanto o dela tinhas as paredes forradas de livros, o dele era forrado de fotos. Cada cantinho ocupado, retratos, a maioria deles em preto e branco. Poderia passar horas ali, tantas sutilezas num enquadramento, numa luz. Deteve-se na imagem de uma senhora enrugada, os olhos tristes numa espera cansada, depois nos dentes escancarados de um Marcelo tão menino, num riso que parecia até indecoroso diante do ar sério da velha no retrato ao lado.

Há uma imagem que queria ter nessa parede, mas só tenho aqui, Rogério falou, apontando para a própria cabeça. Qual? A daquele dia em que te conheci. Ela sorriu. Falavam e silenciavam, os olhos se esbarrando. Eu, com meu cigarro? Sim, encoberta de névoa, mas atravessada pela luz. Você estava triste e tão bonita.

Quem é aquela? Gabriela perguntou repentina, apontando para o conjunto de fotos de uma moça. Minha irmã, ele disse. Ela é tão linda. É sim. Suas namoradas quando vêm aqui de primeira devem se enciumar. Uma parede toda pra uma só garota. E te conhecendo, você nem deve contar que é sua irmã. Como você é, Gabi. E nem é uma parede toda, só um canto. Acho que quem se enciumou foi você. Eu?

Ei, você está com algo aqui, perto dos olhos. Ela passou o dedo próximo à pálpebra, perguntando se tinha saído. Ele se aproximou dizendo que era um cílio e levou sua mão até o rosto dela para retirá-lo. Obrigada, ela disse sem se mover. Nem ele. Os olhos se encontraram. Vontade nele de seguir com os dedos o trajeto do rosto dela. Afastou-se. Centímetros, apenas, que ela então espaçava mais, quebrando o silêncio que ainda sustentavam. Sua irmã tem os mesmos olhos que você, Rogério.

Acho que bebi um pouco mais do que devia, ela confessou, enquanto o ajudava a levar alguns copos para a cozinha. Você está mesmo mais saliente… Mais saliente? O que isso significa?, ela perguntou, rindo. Estou é cambaleante, continuou, perdurando o riso. Daqui a pouco vou chamar um táxi. A namorada do Marcelo disse que poderia me dar uma carona, mas acho que a conversa ali na sala está boa, não sei até quando ficarão.

Fique um pouco mais, ele falou, como um pedido. Amanhã acordo tão cedo, mas te ajudo um pouco com essa bagunça antes de ir, disse apontando as coisas sobre a pia. Deixe aí, Gabi, mas ela já tinha arregaçado as mangas e aberto a torneira. Vou só lavar esses copos aqui ou você terá um trabalho danado mais tarde, ainda tem um monte de coisas na sala. Gostei que você veio, ele disse, como se buscasse palavras maiores que não sabia dizer. Eu também. Seus amigos são bem divertidos.

Gabriela ensaboava os copos, ele guardava coisas na geladeira, recolhia os pratos deixados sobre a mesa, juntava garrafas vazias. Olhava para ela entre as lacunas. Tinha prendido o cabelo, o pescoço agora à mostra, a parte alta das costas aparente, a blusa dançando nos ombros, ora deixando um deles à mostra. Aproximou-se dela, largou alguns copos sobre a pia. Seu perfume deixava um rastro sutil. Ele sabia que a bebida desarranjava a ordem das coisas. Podia secar as taças, prosseguir numa conversa, mas se detinha ali. Tão perto. A percepção alterada dos espaços. Os corpos quase a se tocarem. Suas mãos ávidas, quentes, então pousaram sobre os ombros dela, os dedos deslizando na suavidade de uma carícia. Sentiu-lhe a pele, o arrepio que ela não disfarçou. O alento, como um suspiro contido. Quis sentir melhor o perfume, acercando-se mais, o cheiro de um doce amadeirado, provocante. Queria tocá-la com a boca, os lábios na carne dela, macia. Beijou-lhe a nuca, seu corpo pressionando o de Gabriela, enquanto ela assentia, inclinando a cabeça para o lado. Seus dedos cheios de espuma, o movimento das mãos interrompido, a água escorrendo, escorrendo... O falatório longe, Gabriela se desmanchando, a espuma se desfazendo, o baque de um copo sobre o outro. Por ele, ela podia fingir lavar os copos noite adentro, os beijos escorregando. De repente, passos, risadas que se aproximam, como se os despertasse inesperadamente de um sonho. A voz quase imediata de alguém buscando por Rogério. Acho que já vamos indo, um deles anuncia ao longe.

Um afastamento súbito, a torneira fechada, Gabriela buscando um pano para secar as mãos. Trouxemos o que ainda estava lá na sala, alguém fala, entrando na cozinha. Onde deixo isso aqui? Ahn... pode deixar na mesa. Em desarranjo os dois, gestos em suspensão, se recompondo. Gabriela solta os cabelos. Os olhos dele querendo encontrar os dela. Vocês querem uma ajuda aí? Um deles vem trazendo mais algumas taças e assume o seu lugar na pia.

Você vai querer uma carona, Gabriela? Flávia pergunta ao entrar na cozinha. Sim, vou pegar minhas coisas lá na sala. Onde deixei mesmo minha bolsa? Ela parece desorientada.

Segundos depois ele a segue até um dos quartos, onde as bolsas se amontoam num sofá. Achou? Sim, estava ali. Ela não se esgueira com o olhar, tampouco parece indiferente. Você podia ficar, ele fala baixinho. Ela sorri. Como se esquivar do desejo? Tendia a desconfiar das pulsões, como o brilho de objetos expostos numa vitrine. Certas coisas movimentam energia atraindo, outras não. Ao olhar de novo, sabia que algumas já teriam a luminosidade dissipada.

Rogério, bebemos muito hoje, você não acha? Ela se aproxima. Beija-o no rosto com delicadeza, demorando-se junto dele. Não queria negar o brilho. Mas perduraria nos dias?

Rogério não entendia Gabriela ter partido daquele jeito. Haviam saído todos a um só tempo, ele sem saber como prolongar as conversas. O pensamento nela, afundando na noite. A embriaguez se desprendia da alegria para ficar só a sede. Sentimento impreciso para quem quase sempre se farta de largos goles.

Não se falaram no dia seguinte. Ele a veria na segunda, mas no domingo enviou uma mensagem, dizendo que não ia treinar, outros compromissos tinham surgido. A medida do envolvimento, que com Gabriela era sempre indefinida. Afastar-se ou aproximar-se?

Ela respondeu que seria uma pena, porque na semana seguinte viajaria a trabalho. Seriam mais de 15 dias sem vê-lo. Um bocado de tempo. O que eram aquelas palavras escritas, sem as inflexões da voz? Um bocado de tempo. Era mesmo muito tempo pra ela?

***

Que chuva. Paula tinha os cabelos molhados, os sapatos encharcados. Desistira da sombrinha na primeira rajada de vento, quando seus araminhos frágeis se vergaram para trás. Agora, pingos esparsos, mas os rios correndo pelas ruas, a enxurrada arrastando os sacos de lixo na calçada. Curiosamente, o sol, sem grandes demoras, já incidindo seu reflexo nas vidraças. Os caminhos ainda esvaziados de gente, os poucos incautos com seus guarda-chuvas então tombados.

Para atravessar a rua, era preciso afundar os pés na água escura que corria sobre o asfalto. Quem está na chuva é pra se molhar, costumava escutar o pai dela dizer. Ele parecia um colecionador de provérbios. Podia ter ficado uns instantes mais, protegida nos toldos das vitrines, mas a impaciência... Estivesse vendo o temporal da janela, poderia se ater em contemplação, apreciaria a música dos pingos percutindo, as gotas desenhando traçados no vidro. Mas exposta ao vento, decidira ter também com a água. No percurso, um carro avariado, pedras arrancadas de um calçamento, um jardim desfeito. Os destroços sob um céu azul súbito, o sol já trincando os telhados.

Quem está na chuva é pra se molhar. Mas pai, nem tá chovendo!, ela respondia perplexa, sem entender por que o pai dizia aquelas coisas sem nexo. Aí, ele, todo paciente, vinha explicar, para a menininha que ela tinha sido um dia, do que se tratava a expressão.

Pai, tenho andado na chuva por um bom tempo e não tenho medo de me molhar. Mas queria agora estar num daqueles prédios mais altos, ver o horizonte despontado por trás dos espigões, o cinza desfeito, talvez um arco-íris.

***

Gabriela tinha se sentado ali como em tantos outros dias. Os mesmos trinta minutos. Das últimas vezes tinha planado como nuvem. Agora o chão. O peso das escolhas. Estar por sua própria conta e risco. Não era sempre assim? Barulho de estilhaço imaginado, coração em recuo. As rachaduras ainda expostas. Podia mais?

Na saída, pediu para conversar com o mestre. Ele a ouviu em silêncio. O rio das palavras truncado no medo. Aquilo que quebra está perdido?, ele perguntou com seu sotaque carregado, os olhinhos puxados agora parecendo tão abertos. Levantou-se pedindo que ela o acompanhasse. Numa das salas, aproximou-se de uma mesa puxando para perto um vaso, cerâmica japonesa das mais delicadas. Kintsugi, falou simplesmente, esperando que ela visse a emenda dourada que havia na peça. Técnica japonesa antiga pra reparar cerâmica, continuou. Emenda feita de ouro essa aqui. Bonito, né? Ela meneou a cabeça, era mesmo lindo aquele vaso. O imperfeito melhor que o perfeito, o mestre falou, colocando o vaso de volta em seu lugar e sorrindo para ela. Gabriela sorriu de volta, deixando escapar uma lágrima. Kintsugi, ele repetiu, dessa vez apontando as mãos para o peito. Então era isso? Aprender a colar, juntar?

***

Agora era estranho encontrar Laura fora de casa, porque elas se entregavam ao olhar uma da outra, apesar dos gestos cheios de contenções. Os corpos às vezes se encontravam e faziam perdurar. Fosse um ombro encostando no outro ou os dedos, em pura desatenção, roçando-se na proximidade do andar, no repouso sobre a mesa. As despedidas demoradas, onde do abraço queria extrair mais. O beijo a querer escorregar-lhe a face, os olhos sempre a lhe tocar.

E quando partia, viria nela a dilatação aguda dos dias. Chegaria sexta e seria como vulcão, os vapores todos da sua ebulição em festa. A alegria que de repente a tomava, de saber que a espera não era só dela, que Laura estaria ali na prontidão dos instantes, aguardando o soar da campainha. Elas se abraçariam, os lábios dela, cálidos, a tocar de leve os seus, puxando-a pelas mãos porta adentro. O desembaraço dos gestos, a pulsão ainda recolhida, a rendição sempre contida.

Seria Sofia, no apuro de roubar outro beijo, de tocá-la sem reserva, apertá-la, que a faria brasa. Então o corpo crispado, fagulhas dispersas, e ela se esparramando, o sumo escorrendo lento.

***

Rogério refutava o desejo, buscando em Gabriela imperfeições. Ah, aquele jeito dela de fazer-se dona da situação. Não é isso também o que você faz? Marcelo tinha falado para ele a seco. Os amigos são assim, às vezes dizem coisas que a gente não quer ouvir. Talvez fosse melhor esperar pela mansidão que o alargamento dos dias traria. Traria mesmo?

Quando chegou a mensagem dela dizendo que voltara, ele fingiu desinteresse. Retardava a resposta, mas aquilo a rondar seus pensamentos. Podia portar-se como já fizera tantas vezes. Não com ela, com outras. Fazer com que se desdobrasse às suas inconstâncias. Ando trabalhando demais, diria. Vamos deixar pra outro dia. Quem sabe semana que vem? Não, não parecia o melhor a se fazer. Já não sabia. Já não tinha as rédeas.

Há quase um mês não se viam. Ela o avistou de longe por entre os carros estacionados. Ele, com o celular na mão, demorou a vê-la em sua aproximação. Gabriela sentia saudades, mas não diria, pelo menos não com as palavras exatas. Achava que Rogério deveria entender de sutilezas, mas essa era ela vendo o mundo e seus contornos, não Rogério, que ansiava pelas coisas muito claras, ainda que ele próprio seguisse os mesmos caminhos imprecisos.

Rogério perguntara sobre a viagem, boa parte do tempo a escutara, até que ela cedeu, porque não podia correr e falar tanto assim. Ele contou coisas sobre o trabalho, coisas breves. Depois deixaram ficar um silêncio que não era ruim, mas que também não entendiam.

Você vai no encontro do pessoal da corrida nesta sexta?, ela se lembrou de perguntar. Não. A frase terminada assim, sem maiores explicações. Ela esperou, achou que ele continuaria, talvez para perguntar de volta, você vai? Ou para contar o que faria. Não disse nada. Gabriela achava estranho ele se portar assim. Teve vontade de cutucá-lo, saber se ele tinha algum compromisso, mas não o fez, ainda deglutindo as palavras ausentes. Você anda muito ocupado, comentou por fim. Ele poderia dizer tantas coisas, que estava atolado no trabalho, que tinha um aniversário para ir, qualquer motivo real ou inventado, mas havia escolhido o caminho mais difícil. Um assentimento, leve movimento da cabeça. Sim, estou muito ocupado. Ressentido, talvez, julgando que não cabia explicar o que ocupava seus dias. Mas seria mesmo ressentimento? Gabriela refletia. Ou só ele a seguir o brilho das coisas? E ela, aos olhos dele, já opaca, como a rotina dos dias.

***

Entraram no apartamento depois de caminharem três quarteirões sob o sol escaldante. Laura a ajudava com as sacolas. Travavam uma conversa entusiasmada, as risadas ainda se desprendendo quando a porta fechou. Sofia tirou os sapatos e deixou a bolsa na sala. Desempacotaram as compras sobre a pia da cozinha. Preciso de um copo d'água. Eu também, disse Sofia, enchendo dois copos e passando um deles a Laura.

Tirou os pêssegos de um saquinho e os lavou. Sinta o perfume, ela disse. Quer um? Sofia gostava de passar as mãos por eles, a textura aveludada, o vermelho se fundindo no amarelo. Era como se a fruta na sua exuberância lhe dissesse: me devore. Que calor! As maçãs salientes do rosto de Sofia ainda mais rosadas que o normal. Ela deixou a fruta suculenta já mordida sobre a pia, enquanto prendia o cabelo num coque. Laura se aproximou, fingindo que tomaria o pêssego, mas então mordendo de leve seu pescoço, provando da sua boca o resquício adocicado. Sofia se deixou afagar. O telefone tocou e ela foi atender. O perfume dos pêssegos dispersando, o de Laura ainda nela. Ficou olhando-a a uma certa distância. Enquanto esperava, Laura bisbilhotava os livros na estante como gostava de fazer. Quando terminou a ligação, Sofia voltou-se em sua direção. Era como se a presença dela ali fizesse mais denso o que sentiam. Aquele não era um encontro e por isso era importante. Laura ali. Na banalidade do dia, esparramada entre seus livros.

Laura voltou-se para ela, aproximando-se. Como podiam brilhar tanto os olhos dela? Então falou aquilo que se desprendia do olhar. Ela não era de falar sobre sentimentos. Era Sofia a primeira a externar a saudade, o tempo bom que haviam passado juntas, a vontade de estar perto. As palavras a afetavam de forma dilacerante.

Eu amo você, Sofia. Laura não precisava dizer mais nada. A fala entornada atravessou a superfície porosa entre elas, inflando, pulsando em Sofia. Eram doces as palavras, como o pêssego se dissolvendo na boca. Uma inundação.

QUARTA PARTE: **SONHOS**

***

Sábado que vem vou fazer uma reunião em casa com alguns amigos, você pode vir?, a pergunta acanhada, porque já esperava de Rogério escusas, desvios. Depois daquele dia na casa dele, Gabriela não sabia bem para onde iam. Como um jogo, em que ele parecia insinuar, agora é sua vez. Mas ela não parecia certa de querer seguir jogando. Nem gato, nem rato. Pensava que seria bom se ele dissesse simplesmente que ela não devia ter ido embora naquele dia, mas isso não era típico dele, era? As coisas efêmeras, relâmpagos irrompendo na pele. Para ele, o dia se refazia depois da enxurrada como se não houvesse telhas fora do lugar, calçadas a serem varridas.

Rogério se esquivava, porque também era isso o que ela tinha feito, ele pensava, sem entender que Gabriela então já não jogava, seguindo desarmada, mas não sem medo.

Que horas vai ser na tua casa?, ele perguntou. A partir das oito. Não sei se consigo. Tenho um compromisso antes, não sei que horas vai acabar. Se achar que vai dar, te ligo. Ela pensou que era mais fácil para ele dizer dessa forma do que dizer logo de uma vez que não iria.

A festa caminhava para o final quando ele apareceu. Não tinha ligado, mas quis arriscar. Levava um presente. Ela não tinha comentado que era seu aniversário, mas ele descobriu pela Paula. Você não vai abrir o presente?, parecia impaciente. Entra primeiro. Ele cumprimentou o pequeno grupo de amigos dela, enquanto ela buscava uma taça de vinho para ele. Agora, sim, vou ver o meu presente. E pegou o embrulho, desfazendo-o com cuidado. Pelo formato parecia ser algo como um livro, mas era um porta-retratos. Com uma foto dela. Eu não sabia que você tinha me fotografado nesse dia. Ela parecia surpresa. Mostrou a foto para um e para outro, porque parecia mesmo contente. Pediu que ele se sentasse, era bom que tivesse aparecido, afinal. Já haviam devorado a maior parte da comida, mas ele ainda podia se servir de algo se quisesse. E daqui a pouco vai ter bolo, claro.

O bolo e suas velas com faíscas iluminando os olhos dela. Palmas, gritos, risos dispersos, Gabriela parecendo fazer um pedido antes de cortar o primeiro pedaço. Logo alguns já se despediam, enquanto ele e outros poucos ocupavam os sofás e as almofadas espalhadas pelos cantos, deixando o inebriamento alcoólico contaminar as conversas. Gabriela também parecia um pouco alta, mas talvez fosse só alegria.

Ele não tinha pressa para partir, mas quando um anunciou que já ia e viu que todos seguiriam em bando, achou melhor acompanhar. Foi com ela até a cozinha, levando copos vazios, como se reprisassem uma cena. Pensou naquele filme antigo em que os dias se repetem continuamente e o personagem principal segue com os mesmos equívocos. Mas uma amiga tinha assumido a lavagem dos copos, enquanto ela guardava os restos de comida na geladeira, esticando uma conversa e adiando a partida dos últimos convidados. No elevador, todos entrando com um pouco de aperto, Gabriela soprando um beijo, entregando para ele um último olhar que podia ser para ele voltar. Podia? Merda... o que ela estava fazendo com ele?

Gabriela recolheu os pratos deixados sobre a mesa. Colocou uma música, pensando que devia ter posto antes, que Rogério gostaria de estar ouvindo aquilo com ela. Encarando a pia cheia de louças, arregaçou as mangas, despejou detergente sobre a esponja, recobriu de espuma os talheres afundados num prato. De repente a campainha tocou. Impressão minha, ela pensou. O agudo da música talvez a confundia. Então soou novamente, vibrante. Seu corpo imóvel, reticente, para se erguer em choque. Oscilavam os sentimentos, ela própria tremulava. Alguém teria esquecido algo? Ou...

Atravessou a cozinha e a sala numa urgência que não sabia bem qual era. Os dedos se comprimindo nas mãos e ela dando uma olhadela rápida pela sala para conferir se alguma bolsa ou celular haviam ficado para trás. Nada. Chegou até a porta. O olho mágico. Mágico. O momento parecia um pouco assim. Não olhou por ele, abriu rápido a porta, tão certa que parecia estar.

Ali parada, pôs-se desconcertada. Não era nenhum amigo seu, mas as visitas do vizinho que, desavisadas, tocaram a campainha em vez de acionar o interruptor de luz. Não era Rogério. Fechou a porta, amuada, retornando à cozinha em passos arrastados.

Naquela noite, Rogério sonhou com ela. O sonho como rio que encontra o mar, desembocando pensamentos, sentimentos inconfessos. Eles conversavam, sentados no sofá da casa dela. Talvez fosse a casa dela. Ou seria a dele? Os objetos de uma mesclavam-se à outra.

De repente já não conversavam. Suas mãos descobriam a pele dela, pequenas sardas por entre os ombros, atravessando o espaço entre os seios. Os bicos eriçados esperando sua boca. Tão real. O corpo dela nu como flor que se abre. O arrepio rasgado das unhas roçando suas costas. Acordou com o tremular no corpo, a respiração em aparente suspensão. O prazer liquefazendo-se numa evidência concreta.

Ficou no escuro do quarto, rememorando cada cena, como se quisesse continuar o sonho. O mais estranho tinham sido as palavras a jorrar dele numa inquietude rara. No sonho ele havia dito que a amava.

Levaria uma semana para vê-la. Cinco dias, mais precisamente. O que eram cinco dias no amontoado de horas que escapavam, nos meses que se iam e, quando percebia, formavam mais um ano? Dias demorados aqueles, em que pensar nela era como se esparramar ao sol. Imaginava suas coxas à mostra, as pernas compridas que ele se acostumara a ver em movimento, a cabeleira incandescente, os lábios saltados em carne, os ombros largos, os vãos em que ele caía, tentando se reerguer. E havia abismos maiores, por onde já vagava sem dar-se conta. Em sua cabeça colocaria frases inteiras na boca de Gabriela, estenderia outras a si mesmo, sem saber que o peito comportava tanto.

Encontraram-se dias depois. Gabriela estranhou o jeito dele, uma apreensão no ar. Ela, afoita para contar-lhe algo, ele, escolhendo o tempo certo. Pressentira que Rogério queria falar, mas no desconforto das palavras pendentes e sua excitação diante das boas novas, começou. Contou que viajaria a trabalho novamente. Estava animada. Ele parecia desatento, disperso. Gabriela tentava reforçar a relevância do fato, trazendo detalhes que se diluíam na conversa. Tenho alguns dias de férias pendentes, estou pensando em aproveitar a viagem e emendar por lá, sabe. Talvez uma semana a mais.

Aquilo como um baque. Você já viajou pra lá?, ela quis saber. A voz perdida entre os pensamentos dele, que pareciam falar mais alto. Ahn? Quando você disse que vai? Daqui a duas semanas. Tantas coisas pra arrumar e planejar nesses poucos dias. Estou eufórica. Você não me respondeu... já esteve lá?

Não, não conheço. Deve estar frio agora. Parece que sim, mas até eu chegar, creio que o inverno estará mais brando. Gabriela olhava para ele. Podia seguir falando, mas... por onde andaria Rogério, afinal? Vagando em pensamentos que dificilmente lhe contaria. Fez uma pausa, a vacuidade como um tranco. Quanto tempo mesmo você vai ficar?, perguntou de súbito, sorvendo o ar, porque não se fica muito em suspensão. Provavelmente três semanas, mas ainda preciso fechar todos os detalhes.

Tinha de lhe falar logo. Ela entenderia se ele falasse, não entenderia? Talvez entendesse melhor que ele mesmo, ela que acreditava nos sentimentos intensos, que fazia parecer tão vibrantes os afetos mais singelos. Mas dizer o quê? Talvez, no distanciamento, aquilo tudo simplesmente se abrandasse e ele voltaria à regularidade dos seus dias. O pensamento sem desvios, as prioridades enumeradas, como havia de ser. Talvez devesse esperar. Quanto mesmo? Um mês, um pouco mais. O anseio a dissolver-se como foto antiga que se apaga. Ou... naquela precipitação súbita das coisas, falaria, e Gabriela, com seu jeito sincero, o faria repensar suas declarações. Podia até imaginar os gestos dela, as sobrancelhas levemente arqueadas, os lábios em reprovação. E diria com delicadeza, você não desiste, não é? Parecia conhecê-lo tão bem. Sabia que ele flertava com o amor sem levá-lo à sério.

O que você ia falar?, ela perguntou. Quê? Antes que eu começasse, você ia me dizer algo, não ia? Na minha empolgação, acho que acabei te cortando. Ele demorou a responder. O som em suspenso, mas os olhos se fazendo presentes. Eu tive um sonho com você dias atrás, ele disse. Não era que a coragem tivesse vindo repentina, estranho era que hesitasse tanto.

E sobre o que foi?, ela esperava a banalidade delirante das imagens que nos atravessam à noite. Acho que você não vai querer ouvir os detalhes. Por quê? E ele agora ria, malicioso. Você está falando sério? Você teve um sonho erótico comigo? Não, não precisa me contar os detalhes. E depois de uns instantes em silêncio, prosseguiu. Mas foi bom? Nós gostamos? Ele não podia deixar de rir daquele querer e não querer saber dela.

Então eles se punham de novo a jogar. Até quando?, ela pensava, um ar meio sério a tomando, olhando para ele como se as palavras tivessem sido ditas em voz alta. Ele também tinha deixado o riso, os olhos tão perto, sem desviar, quase a devorá-la. Era impressão ou ele tremulava? Sim. E não era só ele.

Agora era ela quem se calava. Corriam, pensavam, corriam. E pulsavam. Brincavam com fogo?, ela se perguntava. Respire, Gabriela. Passos mais curtos. Um de cada vez. Respire. Do chão se desprendem pedregulhos. A grama batida, resquícios de água, poças largas que impõem desvios. O caminho irregular. Na descontinuidade, respira. Há que se desapegar, inclusive do ar. Esvaziar-se para começar de novo. Peito aberto que se expande, ar que invade espaços antes constritos. Bom respirar assim. Sentir, sentir, sentir.

Terminaram o treino e seguiram caminhando até o estacionamento. Iam quietos, permeáveis a cada gesto. O céu se tingindo de vermelho, no entorno as primeiras luzes se acendendo. Do ponto mais alto que atravessavam, Gabriela foi diminuindo os passos até parar. Ele se deteve também, pouco atrás dela.

Tão bonito, não é? Luz e sombra, ele respondeu, porque ainda nela, réstia luminosa, a silhueta delineada contra o céu. As mesmas palavras, ela disse sorrindo. Quê? O mesmo que você me disse quando me conheceu, não foi? Você se lembra. Claro que eu me lembro. Dessa vez vou tirar uma foto, ele disse. Fique paradinha aí.

Gabriela olhava para o céu e depois se virou. O sol iluminando os olhos claros dele. Pareciam vê-la de outra forma, com curiosidade, atenção, talvez ternura? Nada de horizontes estirados. Apenas ver de perto. Podia se perder nos olhos dele agora.

Seguiram andando. Os vidros dos carros parados em matizes de laranja, reflexo da noite por vir. O meu está logo ali, ele apontou. Que sorte encontrar vaga aqui no horário em que chegamos. Meu carro está lá no final e demorei a achar onde estacionar, ela disse. A chave do carro balançando na mão dele. Rogério havia se aproximado dela para despedir-se, mas se detinha.

Acho que não queria que você ficasse tanto tempo longe, ele disse, segurando o braço dela. Gabriela o beijou no rosto, a mão lhe afagando o cabelo. Não vai ser tanto tempo assim, Rogério. E já se desprendia, alguns passos adiante. Acenou-lhe dizendo que se cuidasse.

A chave do carro ainda balançando na mão dele. Dez, quinze passos à frente. Não mais. Gabriela se virou. Sorriu para ele, vendo que ainda a olhava. Que não lhe tirava o olhar. Ficou ali, parada, segundos apenas, para então se mover. Dez passos. Acho que esqueci alguma coisa, ela disse. O sorriso se abrindo, como se não coubesse. Os últimos cinco passos tão lentos. Seis. Seu rosto quase a tocar o de Rogério. Levou de novo a mão sobre o cabelo dele, depois aproximou a própria boca, seus lábios nos dele. Beijou-o devagar, devagar como queria que fosse o tempo com ele.

***

Estavam sentadas uma diante da outra. Sofia tocava Laura de leve, numa carícia discreta entre o aglomerado de pessoas. Os olhos grandes sobre ela. Marco vai viajar daqui a duas semanas, ele te contou? Não, não estou sabendo. A viagem foi confirmada ontem. Trabalho? Sim, será uma semana apenas. Laura fez uma pausa, depois prosseguiu. Ele já está antecipando o ciúme de pensar que estarei só com você nesses dias. Quando estou em casa e penso que vocês estão dormindo um ao lado do outro, eu também sinto ciúmes, Sofia confessou. Quando ele vai? Na quinta à noite. Laura hesitava, mas continuou. Eu acho que ele quer estar com você antes de ir. Só com você.

Ele te disse? Ele não precisaria me dizer. Laura tinha algo de nebuloso na voz, Sofia aprendera a reconhecer. Você está bem com isso? Me sentindo estranha, tenho que admitir. Egoísta da minha parte não querer dividir vocês, não é? Por isso entendo seu ciúme, também o dele, não estava desdenhando disso. Você ficará comigo nos dias em que a Carla não estiver em casa?

Por detrás do sorriso mútuo, o temor incauto. Sofia temia a grandiosidade do que sentia ser para eles mera faísca. Mas então não lhe confiava Laura o próprio desassossego? O sólido do amor que se fazia poroso? A vontade de estar com ela?

Eu também quero estar com Marco antes dele partir, Sofia soltou repentinamente, decidida, como antes não aparentava estar. Eu sei, respondeu Laura.

***

Beijá-lo seria o começo, mas poderia ser também o fim. Gabriela temia isso, ainda assim o tinha beijado. Rogério temia o meio, por isso, estava sempre a começar. Mas sabia que já havia transposto o começo e não podia deixar de ir adiante. Como água que se amolda àquilo que preenche, o sentimento se infiltrando nos espaços desocupados. O anseio de proximidade, os corpos entrelaçados, tragados. O repuxo do desejo poderia lançá-los à deriva.

Ele temia também a intimidade, como o mar aberto e suas profundezas. Ele não sabia o que era isso. Não, nunca havia navegado assim tão longe.

Tinha sonhado com ela, imaginado mil vezes como seria. Aquela noite ele deu com o sofá, aquele mesmo do sonho. Mas Gabriela o puxou de lá para a cama dela. Ele a despiu como já havia despido outras mulheres. Talvez não tivesse antes se despido realmente diante de nenhuma delas.

Na realidade, os corpos nem sempre se fazem tão consonantes, tateia-se no escuro, desencontra-se, o tempo de um em descompasso com o outro. Gabriela ensinou-lhe caminhos, atalhos, deixou que inventasse outros. Pediu pela boca dele, ofereceu a sua. Deu-lhe o gozo agudo. Depois outro, que ele não sabia bem o que era. Algo de esparramado, que era da pele dela na dele, do cheiro, do arfar, do riso que ele não conhecia tão de perto, de coisas tantas que não tinha sonhado, nem imaginado.

Pela primeira vez Gabriela amava sem esperar. Quando ele partiu, deitou-se no sofá da sala. Os olhos fechados. No corpo, o prazer ainda não dissipado. Ficou ali, espalhada ao silêncio da casa, como se precisasse apenas respirar.

***

O corpo de Sofia tombado, naquela exaustão provisória em que se punha depois do prazer. A nudez com suas curvas e sinuosidades, a penugem escura do sexo ainda úmido, o rosado da pele tardando a se dissipar. Tantos pensamentos o atravessavam no instante em que olhava para ela. As mulheres que já tinha desejado, as que tivera antes de Laura. Não tantas, é verdade. Mariana tinha sido seu relacionamento mais duradouro antes dela, que é o que se pode chamar de duradouro com seus 20 anos. Não tinha grandes planos então, não no que se referisse a vida a dois, nem imaginava que tão jovem se apegaria a alguém, que viveria tantos anos ao lado da mesma mulher.

Ele e Laura tinham se feito íntimos primeiro pelas palavras. Tantas coisas escapando dele para ela, fios que iam se juntando também às revelações que ela lhe fazia. Laura vivia a liberdade de experimentar muitas coisas. Tivera outros homens antes dele. Também algumas mulheres. Haviam compartilhado sonhos, esconderijos e compartimentos secretos muito antes dos seus corpos por fim se conhecerem. Como outras paixões, o desejo poderia se diluir na consumação, mas do encontro, ele soube que seria diferente. Podia sentir-se atraído por outras mulheres, desfrutar um olhar ou o que a imaginação permitisse. Mas queria era estar nela, sorver-lhe o cheiro, o gosto, como se seu corpo tivesse sido feito para o dela. Ele sempre pensara que tivera sorte em encontrar Laura.

Sofia tinha se aproximado dele, a respiração se fazendo tênue, o corpo ainda quente. A mulher que Laura desejava. Que ele desejava. Fazendo o amor então permeável, movediço, imenso. Sofia os desorientava, era verdade, e ele agora tentava entender a felicidade. O que poderia ser, senão isso?

Laura sabia que era melhor assim. Perder-se nos afazeres, depois voltar a si, os minutos já transcorridos. Mas as tarefas não a desviariam do fato. Ali, na sala cheia de alunos, sua própria voz ressoando, a escuta atenta, os olhos se deparariam com os ponteiros lentos. O coração aturdido naquele sentimento.

Quando chegou em casa, ele ainda não estava. Demorou-se no chuveiro, preparou algo para comer, depois tentou se distrair numa leitura. A inquietude doía um pouco. Na cama, esboçou palavras confusas no caderno deixado próximo à cabeceira. Talvez não devesse esperá-lo.

Perdera a noção do tempo enquanto escrevia, pegara no sono. Ele entrara sorrateiro, apagara a luz do abajur que ela deixara acesa, deitara-se ao lado dela, cuidadoso para não despertá-la. Ela não disse nada, apenas aproximando seu corpo ao dele ao perceber-lhe a chegada. Marco afagou seus cabelos, beijou-a com delicadeza. O perfume de Sofia se dissipando entre eles.

Alguns dias depois e era Sofia quem estava ali. O cheiro do chá que ela tinha preparado se espalhando pela cozinha e pela sala. Laura estava com o notebook à sua frente, compenetrada diante da tela. Sofia tinha deixado seu livro de lado, bebia devagar o chá, enquanto a observava.

Antes, quando você me olhava assim e eu de repente percebia como agora, você se desconcertava, Sofia.

Assim como?, teve vontade de perguntar. Mas sabia bem como a olhava. Naquelas noites, quando ainda faziam a oficina de escrita, quantas vezes havia se detido esmiuçando as mãos de Laura em movimento, os dedos empurrando uma mecha de cabelo atrás da orelha, seu ar pensativo ou o sorriso atravessado nos lábios. Conhecia cada gesto, o perfil esguio, o nariz afilado, o jeito com que a caneta se movia entre os dedos alongados. Às vezes, sem que esperasse, Laura se voltava para ela. Segundos apenas. Sim, verdade que se desconcertava. Não entendia bem o fascínio, aquilo que emanava de Laura sobre ela só de olhar.

Laura, normalmente tão absorta no que fazia, no fundo notava. Quantas vezes antes teria percebido os olhos de Sofia sobre ela? Quando teria entendido o que mobilizava nela? É claro que se desconcertava. Muitas vezes chegara a acreditar que aquele era o jeito de Laura resguardar seu próprio espaço, de endereçar sutilmente a Sofia a mensagem de que deveria parar. Mas seria isso?

Você às vezes não gostava, não é, Laura? Ah, Sofia, eu também me desconcertava. Não podia entender como eu gostava tanto que você me olhasse.

Quando estava com Pedro, Sofia se lembrava de dizer mil vezes "eu te amo". Não era que o amasse mais. As palavras, talvez, como beijos sobre ele. Agora não dizia nada, como se elas saíssem de outro modo. Na sua prontidão para fazer-se perto, no gesto, na escuta, no gosto de estar junto que era de alegria derramada.

Marco a abraçava tão forte. Recostava a cabeça em seu peito, dizia que podia ouvir seu coração. Talvez ele escutasse. Laura também devia ouvir, porque às vezes a olhava assim tão fundo e era como se respondesse. Eu também.

***

Rogério acordou instantes antes do despertador tocar. Saiu da cama quando ainda estava escuro. Trocou de roupa, calçou os tênis, pegou celular e fones de ouvido. Fazia frio, mas correndo, em poucos minutos, já não perceberia. A manhã nascia por detrás dos prédios num clarão avermelhado, o dia tão esfuziante que não sabia bem se era fora ou dentro.

O corpo despertando, principiando o movimento, a mente sem cessar. Deixar o carro na oficina, reunião às 10h, tarefas pendentes se avolumando nos pensamentos. Gabriela. As pisadas firmes, o ritmo, o pensamento presente como a pulsação. Os fios de cabelo dela que se agarravam a ele, e tinham se enroscado na camiseta. Também as palavras, aquelas recém-ditas, outras antigas que voltavam. Olhos no relógio. Hora de voltar. Tempo suficiente para tomar banho e um café. O trânsito. A espera. Gabriela. O que estará fazendo agora?

Carro entregue na oficina, táxi, direções, divagações. Elevador, bom-dias, apertos de mão, telefonemas, lembretes na agenda. Escreveria a ela? Ainda não. Algumas coisas por fazer antes da reunião. Quinze minutos para começar. Papéis em mãos, mais um café, um copo d'água, hora e meia transcorrida. Estar de novo com ela. Distrair-se numa conversa para depois voltar. Faltavam cinco minutos para o meio-dia. E ele já a quisera um milhão de vezes.

Quando se despediram no aeroporto, ele demorou a soltar sua mão. O último olhar ao dobrar o corredor. Logo Gabriela estaria no avião, o pensamento longe, nas ruas que se imaginaria cruzando. O deslumbramento das primeiras horas, a excitação, quase uma palpitação, de que ela chegava a gostar, fazendo-a lembrar dos seus 18 anos, quando tudo transbordava, os sonhos, o mochilão nas costas, a coragem. Agora, sua mala compacta, um roteiro parcialmente traçado, reservas feitas. Só o coração desorientado, sem mapa, sem borda.

***

Tão logo Marco voltou, era ela quem partia. Aquela viagem, planejada há tanto tempo, agora trazia sentimentos um tanto confusos. De um lado a oportunidade quase rara de estar com Marina, sua menina que agora era uma mulher. Tão segura das suas próprias vontades, um pouco como ela mesma. Gostava de como a filha falava dos seus projetos, da gana que extravasava o olhar. Não tinha os olhos verdes, o semblante era como o do pai, mas dela tinha herdado isso, o brilho no olhar. O que não era pouco. Quisera que não fosse tão desgarrada dos afetos. No dia a dia, as conversas entre elas sempre escapavam para as trivialidades. Era Laura vez ou outra quem lhe tocava o profundo, enquanto ela se esgueirava. Agora Laura que hesitava, sentimentos novos dentro dela ainda não digeridos. Mas estar com Marina naqueles dias era a delícia dos diálogos sem pressa que só a proximidade trazia. Esbarrando no banal, iam partilhando uma intimidade que às vezes se perdia na distância entre elas.

O tempo nas férias se fazia longo, estirado. Longe de Marco e Sofia, ainda mais. Os dias cheios e as novas paisagens a distrairiam, mas no silêncio irromperiam pensamentos a assombrá-la. Ela, tão cheia da sua liberdade, estranhando o desprendimento. Como eles seriam sem ela? Podia imaginá-los. O tempo que dividiriam juntos, o modo como ele a tocaria, o jeito com que ela se agarraria a ele, os corpos ondulantes de prazer. O pensamento trazendo o desejo. Também o apego em seu serpentear labiríntico.

Você está preocupada com o papai? Marina perguntou, instantes depois que ela desligou o telefone. Laura desconversou. O amor e seus fios tão delicados. Como não romper a trama?

***

As janelas todas escancaradas, não há tempo de conter o vento que desordena as coisas sobre a mesa. Fecha uma, fecha outra, depois se reclina sobre o chão para recolher papéis perdidos, que tinham escapulido para debaixo de um móvel. Também por ele, pulsares esquecidos em cantos escuros. Também a desordem.

Rogério tenta se sustentar nos velhos hábitos. Talvez não seja o que lhe caiba, mas onde se reconheça. Desejava estar com ela naquela noite, mas, como não estava ali, sairia. Horas depois encontraria amigos num bar.

Entre o burburinho das conversas, o arrastar de cadeiras, as risadas ecoando no salão, a algazarra na mesa ao lado, o tintinar de copos, ruídos tantos vindos da cozinha e o toque estridente de um celular, os barulhos todos da sua cabeça. E então, um par de olhos azuis sobre ele. Acompanhado de um corpo com pernas particularmente atraentes, bustos mais em evidência que os olhos, sentado a três, quatro cadeiras de distância. A um fio de prosa que poderia levá-los dali. Caminhos já conhecidos. Os olhos verdes dele encontram os azuis dela. Não se desperdiçam oportunidades, é o que ele tinha se acostumado a pensar. Do encontro, olhares já desfeitos de sutilezas, viriam depois as palavras.

Na sua desenvoltura usual, nos passos já sabidos de um começo que é sempre começo, ele pensa agora em Gabriela. Ela nem tem olhos assim bonitos. Não tem a delicadeza dos gestos, o corpo tão delineado. Mas é intensa, a cabeleira que arde todo o fogo nela. Confessara-lhe já ter os primeiros fios brancos, e ainda nem tinha feito quarenta, fizera questão de ressaltar. Ela já tem quase quarenta, ele faz questão de frisar.

Os olhos de Rogério voltam a passear nos olhos azuis. Tão azuis. Eles dão voltas, brincam, trocam sorrisos, falam de muitas coisas e talvez não falem de nada. Das palavras passam para o gesto. Aproximações sutis, milimétricas. Um ajeitar-se na cadeira, uma leve inclinação do tronco, mãos repousadas sobre a mesa.

Alguém abre uma janela. Voam guardanapos, entra o bafo quente, prenúncio de temporal. Estampido distante, clarão no céu escuro. E assim, por entre os lampejos, como se desperto pela troada e fosse preciso fugir da chuva, encurta as frases, olha o celular, fingindo algo repentino e inadiável para justificar seus modos abruptos. Se despede da moça se desculpando, dizendo ter acontecido algo de muito urgente e que não podia mais ficar. Acena para os amigos e se vai sem maiores explicações.

Entra em casa com a chuva. Torrencial. O apartamento às escuras, os pingos grossos incidindo sobre a janela. A urgência de querer definitivamente resgatar os sentimentos recolhidos àquele canto escuro.

Estranho se consumir assim numa espera. Gabriela também ansiava assim? Ele não sabia. Estranho não reconhecer nela a fala exata, porque se punha sempre tão veemente em suas posições.

Ele nunca fora de grandes declarações, nem pequenas. Mas agora as palavras queriam vir-lhe à boca e, por falta de prática, não sabia dizê-las.

Tinham por fim lançado as velas ao mar. O céu era de tempo bom, brisa suave, o sol resplandecia brilho e calor. Por que se preocupar com as nuvens que não havia? Mas se preocupava. Por dentro era ele todo um misto de ardor e temor.

***

Quando voltaram, Marco foi buscá-las no aeroporto. Avistou Marina primeiro, ao longe. Atrás dela vinha Laura, ensolarada, sorrindo ao vê-lo. Os cabelos mais louros, como sempre ficavam depois do sol. Abraçou a filha, depois Laura. Beijos esparramados, antes de chegar à boca dela.

Quantas saudades, hein!, a filha zombou. No fundo ela gostava de ver os pais assim, como um casal de jovenzinhos apaixonados. Entraram no carro, a fala profusa das duas dividindo com ele o colorido dos dias.

Renato chegou ontem à noite, Marco disse. Tão bom ter os dois filhos ali. Bom estar de volta. Nem estivera fora tanto tempo assim, mas entrar em casa lhe revelava agora nuances desapercebidas. A luminosidade incidindo sobre os móveis da sala, o cheiro do jasmim que vinha do terraço, os cantos ensolarados, a maciez da própria cama. No quarto, pequenos vestígios de Sofia, objetos pessoais que iam ficando, não mais por esquecimento. Na cabeceira, um bilhete. Para ela. Abriu, afoita, sempre sedenta das palavras dela. Saudades, saudades, saudades… Ah, o que havia mais para dizer?

Marco se colocara ressabiado, apreensivo, mas ela insistira em chamar Sofia. Também Sofia se mostrara temerosa, angustiava-se diante as contenções. Ao mesmo tempo queria estar perto. Um almoço apenas, ela tinha dito. Mas tanta gente. Haviam aproveitado a vinda dos filhos para convidar outros familiares. Laura ainda atropelada entre as malas por desfazer e os preparativos para o almoço.

As duas se cumprimentaram com discrição, mas Laura dizia tudo só com o sorriso. Sofia sentia que chamá-la não era só a urgência do encontro, era como se Laura quisesse abrir-lhe uma intimidade que ela ainda não conhecia, os filhos, a irmã dela que tinha vindo, os sobrinhos. Tê-la entre aqueles que lhe eram queridos.

Não era possível se falar muito, os gestos medidos, porque num deslize os tocaria de um jeito mais afetuoso, derramaria sutilezas, faria-se familiar demais naquela casa que por vezes habitava. Então, observava.

Sofia já havia se encontrado com Marina e Renato, mas isso há um tempo antes de tudo começar. Não os conhecia propriamente, senão do que ouvia sobre eles. A irmã de Laura era um tipo falante e expressivo como ela, não tinha a mesma elegância, nem o porte esguio, mas os mesmos olhos verdes penetrantes. Laura me fala tanto de você, ela disse. Queria te conhecer. Sofia pensando o quanto Laura haveria falado, porque eram próximas as duas. Teria Laura revelado algo? Ela sentia que não, mas era como se a irmã a revolvesse com o olhar, como se na não revelação pairasse uma suspeita. Também ela observava com curiosidade. Laura e Marco ali. De um jeito que não parecia acostumada a vê-los.

Pegou-se numa conversa demorada com Renato. Ele era um moço bonito, uma mistura dos dois, inquieto, como Laura deveria ter sido quando jovem. Marco também. Talvez não tão atirado quanto ela, mas, sim, bravio. Gostava dessa impetuosidade neles, porque nela as coisas ardiam mas seguiam um curso mais lento, uniforme. Decerto que agora havia sido tomada ela também por aquele fluir abundante, sua vida seguindo rumos inesperados. E o desejo, meu deus, o desejo era como um rio caudaloso.

Me ajude a levar isso lá pra cima? Laura perguntou, com as mãos ocupadas e apontando para uma caixa sobre a mesa. Sofia pegou-a, deixando escapar um sorriso discreto, porque percebia na artimanha de Laura a possibilidade de estarem a sós, ainda que por alguns instantes apenas. Subiram as escadas. Onde deixamos isso? Vou guardar nesse móvel aqui.

Venha até aqui, ela disse. E sabendo não estar sendo observada, puxou-a pela mão. Entraram no quarto. Feixes de sol, entrando pela persiana semiaberta. Laura a abraçou. Ah, o perfume... Queria não soltá-la, reter o perfume em seu corpo para depois se lembrar dela.

Laura não devia tê-la trazido ali, toda a continência se desfazendo, o prazer dilatado. Sofia beijou seu pescoço, sua boca, as mãos deslizando por entre o vestido dela. A pele arrepiada, os seios rijos roçando os de Sofia. Laura se deteria um instante, como se resistisse. Quanto tempo elas tinham? Não caberia ali uma ausência prolongada. Mas também ela não queria parar. Sofia abaixou-se, mordiscou-lhe as coxas, levantando-lhe o vestido, a língua deslizando por entre suas pernas.

***

Gabriela então estava de volta. Mais perto do que podia estar. O corpo recostado ao dele, sua respiração suave num ir e vir ondulante.

Haviam ocupado territórios inexplorados. Ele, naquele seu jeito impetuoso, febril. Gabriela, fazendo o lento ser mais lento. Agora já não se defrontavam mais em territórios, senão em lugares. A topografia familiar com seus vales e montanhas. A mão dele repousando na saliência dos seios dela.

Antes, achava que o desejo findava com a descoberta. Agora, só queria habitar o corpo dela.

***

Sofia transpirava a alegria que não dizia em palavras, mas queria dizê-las, era por meio delas que adentrava o subterrâneo das coisas. Adiava. O sentimento imenso, mas impalpável, não sabia traduzir a intensidade que já lhe vertia dos olhos. Queria fazer vibrar o seu contentamento, reparti-lo, ingênua em perceber que as coisas poderiam não ser tão simples, que o entendimento não afluiria como rio corrente.

Finalmente você vai me contar algo, provocou Nina, encarando-a, agora que se punham a sós. Sim. Sofia tinha que admitir a si mesma que se aproveitara do tempo espremido entre as duas para escapar em evasivas. Nina fazia tempo suspeitava de algo. Ela achava estranho que Sofia se pusesse assim quieta. Sofia mesmo não entendia, se esgueirava. Nina esperava.

Sei que algo está te acontecendo, nota-se fácil, ela disse. Sofia deixou que ela falasse, gostava de saber o que deduzia só de olhar. Você está apaixonada, Sofia. É isso que eu acho. Sofia apenas sorriu e Nina sabia que aquele era o jeito dela de concordar. Aquele dia em sua casa, Carla me perguntou se eu sabia com quem você estava saindo. Ela te perguntou? Sofia parecia surpresa. Sua filha já está percebendo algo e você ainda não me contou... Eu disse a ela que talvez você não tivesse dito nada ainda por ser algo muito recente, por não saber se era realmente sério... mas é, não é? Nina podia entendê-la tão bem. Esperava que também entendesse o resto.

E? Nina mantinha o ar interrogativo, Sofia se punha hesitante em prosseguir, como se não soubesse por onde começar. Nina permaneceu calada, achando que agora só o silêncio para colocá-la a falar. Nina, você acha que dá pra amar a dois?

Era a primeira vez que ela falava com alguém sobre isso e se perderia em sua narrativa, as palavras brotando na intensidade do sentimento e não na cronologia dos fatos. Nina a espiar pelas frestas o vendaval. Pensava se Sofia estaria em desatino ou se aquilo era coragem que lhe sobrava para desafiar a ordem das coisas.

O que estava esperando, afinal? Receptividade, compreensão, encorajamento? Talvez, de Nina, esperasse o mínimo de empatia. Mas ela havia silenciado, não porque não soubesse o que dizer diante do estranhamento. Nos olhos de Nina, temores que também eram dela. O seu deslumbramento frágil se desestruturando no silêncio dela. Talvez porque, lá no íntimo, na sua própria perspectiva das coisas, triângulos amorosos seriam intrinsecamente insustentáveis.

Nina não queria lhe dizer nada, mas no fundo queria dizer tantas coisas. O tom apreensivo em sua voz. Não queria magoá-la, mas se preocupava. Diria-lhe apenas dias mais tarde. Você acha que isso pode durar? E se durar?, responderia em tom desafiador. E se não dura, Sofia? Então, terei que juntar os cacos.

QUINTA PARTE: **LIMIAR**

***

Desde o início, Sofia os envolvera em encantamento. A fala sincera, os gestos simples, a ternura nos olhos atentos. Também eles a afetavam com sua luminescência. O jeito que Marco tinha de acolhê-la, fazendo-a se sentir forte e delicada a um só tempo. Os cuidados quase maternais de Laura e o tempo que ela esticava e fazia mais colorido na sua fala vibrante, nas suas histórias, nos questionamentos que trazia a Sofia e a si própria. Um sentimento cálido recobria os dias. Alegria de dividir os instantes, conversar, ler em voz alta um texto ainda úmido no papel, dançar, embriagar-se de riso, às vezes uma garrafa de vinho. Das coisas rasas, o convívio se fazendo estreito, desejado, estimado.

Sofia pensava que era bom ser tocada assim. Na abundância não podia ver a margem. Mas a luz que incide sobre as coisas também projeta suas sombras. Abriam-se a ela, mas em compartimentos, e alguns deles não proviam acesso. Espaços preservados que garantiam o mínimo de ordenamento.

Isso às vezes era uma consciência vaga em Sofia, que se fazia concreta repentinamente numa fala disparada, num gesto inesperado. Marco com a voz carregada de sobriedade, como se houvesse entre eles uma distância que não entendia. Laura, numa condescendência passiva. Resguardavam-se dela em tentativas sutis, pequenas delimitações, contenções àquilo que não sabiam como abarcar. O amor de Sofia não entendia de circunscrições e fronteiras. Não conseguindo se impor a eles, só emudecia. E dos silêncios iam se formando fissuras.

Aos finais de semana, o gramado se forrava de gente, corpos lagarteando ao sol. Quando Carla estava ali com ela, gostavam de caminhar até a praça. Ficava a uns bons quarteirões do apartamento delas, aproveitavam para comprar frutas no mercado, tomar água de coco, conversar com algum vizinho ou conhecido com quem Sofia quase sempre topava no caminho. Na praça, procuravam por um banco ou estendiam uma canga sobre o gramado. Deixavam-se ficar, lendo um livro ou apreciando a perspectiva diferente de ver as coisas, as nuvens atravessando o céu, as copas das árvores oscilando no vento, como se elas se movessem.

Do lado delas um grupinho de mães com seus filhos. Sofia interrompeu a leitura para observar as crianças e suas brincadeiras. Uma menina magricela parecia querer impor a liderança, mas os meninos resistiam. Um deles, talvez mais novo, dentinhos a menos na frente, parecia hesitar. O outro, mais alto e encorpado, fazia resistência aberta, tentando convencer o menor. A dinâmica entre eles não está dando certo, ouviu uma das mães comentar. Pipo se dá tão bem com a Isa. Com João também, a outra mãe disse. Três é um número difícil, a que falara primeiro fez questão de ressaltar.

Que diabos. Sofia fechou o livro com força. O céu fechara, as crianças se desentenderam, e ela agora não tinha mais vontade alguma de ficar. Vamos?, ela perguntou a Carla. Mas já? Tá tão bom aqui. De repente não estava.

Estou te sentindo distante, Sofia. E não era pra estar?, ela pensava. Oito anos que a irmã tinha feito as malas, achando que ia ficar longe por um, dois anos no máximo, mas não voltara. Uma oportunidade excelente, não havia dúvida. Mas precisava ter ido pra tão longe? Agora não imaginava que Clara um dia regressasse. Quando ela avisou que estenderia a permanência por lá, Sofia se recolheu, um pouco ferida no seu amor. Tomava como certo que ela voltaria e teriam de novo aquele tempo que era só delas. Clara entendia seus modos ríspidos, as evasivas, a dificuldade às vezes de encontrá-la, o jeito com que fingia não se importar. Era assim também quando menina. Olhava Clara de soslaio, arrumando-se para encontrar as amigas, na expectativa de que num repente ela a chamasse. Clara não chamava, Sofia era só uma menininha, e ela, ainda pouco madura para perceber que as respostas tortas da irmãzinha e seu desprendimento aparente eram só um jeito de chamar atenção.

Clara telefonava com frequência, escrevia, enviava fotos, queria que o longe não parecesse tão longe. A mágoa em Sofia ia aos poucos se atenuando, e ela aceitando Clara de volta naquele jeito novo que encontravam para preservar os afetos. Num verão, decidiu ir junto com Carla visitá-la. Não por um longo período, mas a intimidade reatou-se no convívio. Clara viera depois algumas vezes. Da última vez tão rápida a passagem, como o rastro de um perfume que esvanece no ar.

Você não tem me contado muito sobre você nos últimos meses… Anda um pouco misteriosa. Carla me disse que você não apresenta seus namorados a ela se achar que pode não dar certo. Ela disse isso a você? Sim. É verdade, faço isso para preservá-la, ela se apega muito. Você se lembra como ela gostava do Douglas, meu antigo namorado? Mas por que você trouxe isso à tona agora? Porque você anda muito quieta, e fico pensando aqui comigo se não estaria saindo com alguém, mas também não me conta nada por achar que pode não dar certo.

Sofia demorou a responder. Ela pensara inúmeras vezes em contar a Clara, mas preferira contar a Nina. Sua irmã perto. Agora já não sabia se contava, pendulando no limiar de abismos aos quais saltaria sem olhar. Mas eles olhavam, olhavam em demasia, e dentro dela havia algo que incomodava.

Eu gostei de como você falou, ela disse então. "Pode não dar certo". Num relacionamento sempre existe essa possibilidade. É diferente de "não pode dar certo".

Sofia sempre examinando as palavras tão de perto. O que haveria por trás da intenção destacada no jeito de dizer as coisas? E então?, ela quis saber. Você não vai me dizer nada mais? Estava impaciente, não conseguia dar espaços maiores sem poder ver Sofia nos olhos e desvendar o que havia por trás do silêncio. Ok. Não me diga nada agora. Estou ligando pra contar uma novidade. Daqui a um mês e meio, irei te ver, maninha. Verdade? Sim, André irá para um trabalho aí, e eu dei um jeito de ir junto. Vamos ficar pelo menos uns vinte dias, teremos tempo de conversar. Quero tanto estar com você, saber como você está, essas coisas todas que você não me conta por telefone.

Ah, aquilo como brisa repentina. Que alegria, que alegria. Quando? Que dia exato você chega?

Depois da excitação partilhada, dos planos todos e vislumbres do tempo que teriam juntas, segundos antes de desligarem, quando já se despediam e parecia não haver nada mais a ser dito, a fala pendente de Sofia, desgarrada, a chegar repentina nos ouvidos de Clara. Estou num relacionamento, sim, Clara. Mas tenho medo do "não pode dar certo".

Ela nunca seria terra firme de se pisar, bem sabia. Então, não podia exigir deles um andar retilíneo. Aceitaria os desvios, os passos incertos. Nessa geografia delicada, iam aprendendo sobre vales e declives, fazendo das paisagens lugares de se estar. Sofia queria traçar ali um caminho. Impossível, improvável, impensável, impraticável, inviável, inconcebível. Palavras que se enumeravam, que surgiam dos seus temores, dos deles, daquilo que parecia tão certo vir daqueles que os viam. As palavras como montanhas.

Eram eles os destemidos. Tinham sido eles a darem o primeiro passo, mas sabia que não devia se isentar, faísca sobre eles. Ali, onde o fogo arderia fácil, porque eram os dois calor e movimento. O curso do desejo e seus desbarrancados. Mas e então? Seria possível um vínculo assim se assentar no aplainado dos dias?

E se?, ela pensava alto, criando possibilidades, imaginando cenários como costumava fazer. Laura não podia deixar de apontar as pedras, atravancos no caminho. Marco numa mudez incômoda. Era medo aquilo, não era? Mas e a coragem? Por que tinham de seguir o caminho, não? Ela querendo fluir com a água, eles sentados sobre os beirais.

Sofia sonhava com um amor que atravessaria as paredes, para além dos encontros furtivos. Ela esperava. Achava que, por não terem referências, podiam inventar. Mas eram seus olhos que queriam enxergar longe. Teria sido o desejo voragem? A tragar o amor que ela via como possível?

Fragmentos da conversa como partículas sobre a água. Coisas que talvez tenha falado sem o devido cuidado, pequenas revelações que às vezes arranham sem intenção. Mas nem disso se punha certa. O rosto de Laura impassível. Ela, tão articulada, capaz de discorrer sobre temas diversos, mas aquilo de mais entranhado, resguardado em mistério. Ah, Laura, porque não deixa que eu entre um pouco mais? Não, não deixa. A guinada brusca para falar de outros assuntos. Era impressão ou tinha uma certa violência na sua voz? Sofia ouvia, mas preferia que tratassem de outras coisas, preferia o sentimento desdobrado, a delicadeza que ela às vezes evitava tocar.

Laura tão dura nos seus afetos. E em outras ocasiões, inesperada, abundante. Elas já estavam andando há um bom tempo, o dia se desmanchando em nuvens que ainda refletiam o último clarão. Ela, que nunca se detém, presa no seu olhar microscópico, no seu andar incisivo, deixa escapar. Lindo, não é? Vamos parar um pouco. A lembrança da paisagem derramada sobre seus olhos, o instante mais bonito daquela tarde juntas. Por que não tinham se demorado mais ali? Tão preocupada tinha ficado com a captura, o registro de algo que logo se esvai. Podia ter sugerido, vamos nos sentar aqui, e ficariam num silêncio que diria tanto mais.

Mais tarde, noite já feita, mandaria para ela a foto que tirara. O seu jeito acanhado e trôpego para iluminar resquícios do dia, afirmar um sentimento doído de tão grande. De tão lindo. O que as palavras se esforçavam tanto, o pôr do sol dizia fácil.

Marco pensava muitas coisas e sabia quase nada. Sentir era mais preciso. Uma coisa rarefeita, mas atravessada no peito. A bomba pulsátil tentando alocar espaços. O amor então sempre nomeado, classificado, dividido, compartimentado. Mas agora não era assim. Achava que o coração não comportava tanto.

Ele dizendo a Sofia depois de tanto tempo. Te amo. Tão pouca palavra, tão pequena, tão vasta. Apertada, espremida entre o átrio e o ventrículo. Para escapar de uma arritmia, do brilho frágil dos olhos grandes dela como lua minguante se dissolvendo. Ele querendo dizer que tinha medo. Medo de amá-la porque assim amaria menos Laura. E ela entendendo, dizendo, sem dizer, que não era assim. Que o amor podia atravessar válvulas e cavidades. Deslizando no pulsar, transpirava-se, respirava-se.

***

Gabriela podia imaginar a reação de Paula, porque as duas pensavam muito parecido. Mais do que o julgamento dela, temia o seu próprio, espelhado naquilo que ela lhe diria. Respirou fundo antes de falar. Melhor que já despejasse tudo de cara, sem desvios, nem meias palavras. Paula a encarava, sem dizer um a. Deixou que Gabriela falasse, quando aquietou-se, soltou como uma reprimenda. Você sabe que isso pode terminar mal, não sabe? Sempre pode, né, Paula. Sempre pode, ela repetiu, como se quisesse dizer mais.

Agora Gabriela queria ir sem ter de medir o passo. Queria sentir o instante como era e não pensar em como seria. Queria a onda, arfagem abrupta no limiar da rebentação.

***

Eles discutiam sobre o trivial, mas aderiam às suas posições com ardor ferino. Sofia, alheia a tudo aquilo, incomodada com a energia despendida em questões secundárias. Dentro de si algo tão mais premente. A mente vagando longe, as mãos denunciando a tensão.

Eles tardaram a perceber seu desconforto, a agitação interna que vertia do silêncio. Entre a fala de um, a resposta enviesada que se seguiria, a brecha momentânea. Como se a respiração lhe tivesse ficado suspensa por tempo excessivo, desafogaria-se. Não aguento mais o segredo, ela disse. Poriam-se os dois subitamente quietos, então se dando conta da apreensão dentro dela. Sofia não continuou. Talvez porque esperasse a indicação de um caminho, mesmo que impreciso. Não desejava um mapa e seus traçados, seria querer muito, mas ver espelhado nos olhos deles a mesma vontade.

Marco não disse nada, mas ao modo dele, no jeito com que pousara sua mão sobre ela, era como se dissesse. Precisamos ir devagar, Sofia. Ah, já não iam morosos demais, receosos do porvir? Já não podia com tanta contenção. Os afetos sempre tão dosados, os encontros familiares ou entre amigos em que não cabiam três. Sofia pensava que poderiam descobrir caminhos em que coubessem.

Eu não sei como podemos prosseguir, Laura falou, entrecortando o silêncio. Ela impunha seu racionalismo apurado sem se ater ao peso de suas considerações que em Sofia chegariam duras, como golpe desferido que não se espera. Laura era assim. Pensava, tomava decisões, viam-lhe repentes e as palavras lhe escapuliam pela boca. Saíam. Sem desperdícios, sem reparos, sem brechas. Fosse a fala de outro, talvez coubessem poréns, indagações. Ela, tão exata. Laura não notava porque, tomada do calor de seus argumentos, a visão aguçava, mas afunilava. O resto era borrão, desfoque.

Sofia tinha as mãos trêmulas, não podia disfarçar. A crueza de Laura às vezes a assombrava. Queria dizer coisas, mas emudecia. Marco subestimando a dissonância, julgando que o tom se abrandaria, que Laura conteria a impetuosidade de pensar em voz alta, de bradar o que sua mente lógica trazia em sussurros persistentes.

Ele poderia ter evitado o que se seguiria. Sofia engasgada, por fim soltara. A voz ríspida, que era para ferir, mas rasgava dentro. O que você quer dizer com isso? Que não sei como romper o segredo, Sofia. Não é algo assim tão simples.

Ela não esperava que fosse simples. Só não esperava que tudo soasse tão incisivo. Laura havia dito que não sabia como prosseguir, que não sabia como romper o segredo. Sofia tentava mentalmente repetir as palavras. O problema não era não saber. O problema nem eram as palavras. O problema era o ponto final ali, a dar como acabado o que não havia propriamente começado.

Então era assim. Não podia ir se eles também não fossem. Calara-se. Por dentro, algo retorcido, amargo. Ainda teria o resto da tarde com eles, mas de repente isso não importava. Era água vertendo e também o vento. Faltaria-lhe tantas vezes o fogo, a impetuosidade luminosa que era deles, mas era toda movimento. E não entendia que se detivessem ali por medo da chuva e seus temporais. Como rajada repentina, avisou que já se ia. Esquivou-se dos braços de Marco, como se soubesse que sob os olhos dele, ternos e lamuriosos, perderia o impulso repentino. Ele ainda tentaria detê-la, mas Sofia desviou o olhar. Como um sopro quase, seu beijo de despedida.

Levaram Sofia até a porta, sabendo que ela lhes escapava. O curso da água, como seu sentir, não podia ser estancado, logo transbordaria. E antes que as primeiras lágrimas caíssem, partiu.

Não era só Laura que não sabia como prosseguir. Nenhum deles sabia, era a verdade. Como prosseguir com ela? Como prosseguir sem ela?

O tempo para estar só não era bem o tempo que queria para si. Sofia chegara em casa e escrevera obstinadamente, os olhos pesados, as ideias e frases desordenadas, esperando que num deslize pudessem revelar o que ela não via. Os mesmos pensamentos a faziam andar em círculos. As palavras só revelariam a sua própria dor latejante.

Ainda que relutasse, dentro dela a expectativa de que Laura ou Marco lhe mandassem uma mensagem ou a chamassem, como uma tentativa tardia de desfazer o diálogo entrecortado. Pensava se isso lhe abrandaria o pesar ou se a faria mais ciente da própria vulnerabilidade. Não a chamaram. Nenhuma mensagem. O silêncio estendido. Desalento. Até a palavra carregava em si o vagar do tempo. Deus, como os instantes podiam ser assim lentos?

Vai abrindo caminhos na mata densa, moldando seu corpo, criando suas próprias armaduras, rindo, amando, sofrendo. Para ela, descolar-se assim é como retesar o pulsar. Falta-lhe o ar e não é só isso. Palavras ausentes são o de mais doído.

Tivesse ela dito, não vá. Tivesse ela dito, volte, por favor. Tivesse ela dito. Meu amor. Ficava. Ficava sem nem hesitar.

Marco telefonou no dia seguinte. A conversa monossilábica, as pausas estiradas. Não sei o que dizer, queria ouvir sua voz. Não devia ter te deixado partir como foi.

Ah, tão fácil esmorecer toda a firmeza. Não importava que ele não a estivesse vendo, saberia dos seus olhos anuviados. Como as palavras podiam acalentar e doer tanto? Era preciso manter-se de pé. Vocês acham que eu não penso nas dificuldades e implicações, não é? Marco e Laura deviam concordar com isso. Ele não admitiria abertamente, ponderando a fala, com cuidado. Mas ela entendia o que estava além do gesto moderado, do verbo bem medido. No fundo, eram os dois a achar que ela voava, se desprendendo das coisas práticas. Sim, ela sonhava. Mas eles não entendiam que era de sonhar que julgava ser capaz de construir a realidade.

Haveria de tomar certas resoluções, porque a imobilidade pesava como uma destituição. Laura lhe chamou quase ao final da semana. Queria saber como estava. Que dizer? Que não suportava a distância, mas que tampouco podia com a oscilação dos dias. Você vem amanhã?, ela perguntou.

Sofia se ancorando nas próprias palavras para fazer-se firme em seu propósito. Decidi ir à praia com a Carla. A mãe de uma amiga dela já nos convidou em várias ocasiões, dessa vez aceitamos. Vamos viajar amanhã à noite.

Entendo, Laura disse, deixando perdurar um silêncio longo. Reteria dentro de si o desconforto. Como expressar qualquer dissabor? Como dizer a Sofia que não fosse porque precisava vê-la? Que falaria quando se encontrassem? Porque não havia nada de concreto a dizer a ela, apenas seus temores. A conversa truncada por sentimentos intensos e contraditórios.

Melhor seria uma despedida breve, pensava Sofia. Quanto mais se detinha, mais se enroscava. Como prosseguir? Ainda assim, retardavam a fala, espaçavam os silêncios, como se uma esperasse a outra. Ah, mas por que esperar dela reconsiderações ou grandes declarações se parecia tão impróprio do seu feitio? Ainda assim, era como se diante de cada fala se detivesse, como se ruminasse um pensamento, deixando algo em suspensão.

Você volta no domingo? Sim, no começo da noite.

Segundos antes de desligar, ela diria *bon voyage, ma chérie*. Para Marco, Laura às vezes dizia pequenas frases em francês, algo que remetia ao início deles juntos. Uma demonstração furtiva e ligeira do seu afeto. Não era algo que costumava fazer com Sofia. Cuidado na estrada. E não tome muito sol, disse por fim.

***

Por entre a conversa casual, dividindo o riso, a espontaneidade de um gesto, Gabriela disse as palavras mágicas. Outro dia, uma amiga me disse que te encontrou na rua, a Priscila, você se lembra dela? Sim, eu a encontrei, acho que uns dois dias atrás. Ela comentou que não podia deixar de te reconhecer com aquela camisa de cores berrantes. Até posso imaginar qual era a que você estava usando. Eu respondi a ela, eu amo o Rogério, mas não posso com aquela camisa.

Ele teve vontade de perguntar, mas não fez. O que foi que você disse? Era como se precisasse ouvir de novo. Não porque não tivesse entendido. Era bom ouvir aquilo. E a camisa, nem importava que fosse assim depreciada, porque agora, ali, pendurada no cabide, despontaria entre todas as outras.

***

Naqueles dias, Carla a enchera de boas distrações, na inocência de não saber que ela precisava tanto delas. Gostara de revisitar memórias olfativas que sempre lhe eram ternas, o cheiro do mar, o cremoso açucarado dos churros vendidos num carrinho na rua. Queria não estar triste e se perdera entre o riso das meninas, os lábios por vezes esboçando um sorriso, mas os olhos inaptos a qualquer dissimulação.

Caminhara pela praia, os pés resistindo à areia que afundava. Absorvera-se no mar e suas nuances, no rosto das pessoas, nas falas dissipadas no ar. Cozinhara, bebera um pouco junto a boa companhia, falara de coisas à toa. Os pensamentos que voariam deles durante o dia, voltariam pela noite como nuvens espessas. O sono frágil, os sonhos cansados de quem precisa sorver-se da realidade para continuar.

Não, não havia dito que partiria, que não seguiriam juntos. Nenhuma porta havia se fechado definitivamente, mas a distância, a cada dia, espaçava.

Sendo dois, era sempre mais fácil que ela se ajustasse à rotina deles do que o contrário. Mas esse era um jeito eufemista de expor os fatos. Seria melhor se admitisse a si mesma o que a incomodava. Que talvez nem fosse tanto a questão do segredo, mas os desdobramentos todos que fazia para estar com eles e que nem sempre aconteciam de volta da mesma forma. O que a levava a deduzir que precisava muito mais deles do que eles pareciam precisar dela.

Agora seria ela a fazer o próprio ritmo, a não abrir concessões. Não porque não quisesse vê-los; a ausência trazia uma saudade doída e era como remédio amargo, um jeito de mostrar na própria contrariedade a resistência que havia neles.

Assim, os compromissos se amontoavam, primeiro a viagem com Carla, depois um encontro entre amigos. Alguns dias sem se ver. Nem era tanto. O final de semana chegaria e ela sempre encontraria algum modo de vê-los. Mas então a decisão precipitada de emendar uma viagem a trabalho que faria na segunda, roubando os dias com eles.

Nos velhos tempos ela costumava fazer isso, a não ser finais de semana em que estaria com Carla. Deixava as segundas para as viagens e ia antes por sua própria conta, aproveitando para conhecer alguma cidade distante ou não visitada. Não se importava de viajar só. Gostava de provar novos sabores, visitar museus, perambular pelas ruas a pé, escrever em seu caderno sobre as coisas diferentes que observava. A bagagem quase sempre era pouca. Voltava com algumas pequenas lembranças para a filha ou para si mesma. Dessa vez, carregara na ida e na volta um vazio. Como podia pesar tanto?

Antes o amor era gratuito, saía dela sem imposições ou premissas. Antes havia a falta, a saudade, a distância, a pressa, as palavras que não vinham e as que saíam imprecisas, outras luminosas, pungentes. Havia surpresa, contentamento, ânsia, urgência, havia tudo isso. E havia o amor, atravessando as coisas, deitado sobre eles nos seus gestos mais simples, naquilo que escrevia, falava e corria dela como fio sinuoso de um rio. Era fluido, transparente. Com o tempo, seus afetos tinham tomado a forma de algo viscoso, que não tocam, mas aderem.

Na saída do aeroporto, um encontro inesperado. Miguel, você por aqui! Em outros tempos, não seria difícil topar com ele por ali. Miguel também surpreso de vê-la. Vim encontrar as meninas, ele disse. Vou passar o Natal com elas, depois vamos tirar alguns dias de férias. Devem estar com saudades. Sim, a gente está há um tempão sem se ver.

Ele ainda usava o mesmo perfume, ela sentiu ao cumprimentá-lo. Quantas memórias reativadas numa fração ínfima de tempo. Estou correndo, mas que tal um café? Sim, estavam todos correndo.

O tempo todo. Uma conversa estendida era praticamente uma inviabilidade científica quando todos se julgavam apressados, mesmo sem saber para o quê. Ela sabia que agora também corria, quase como uma fuga.

Achou que era bom estar ali com ele. Quis saber como seguira a vida. Quanto tempo mesmo? Fazia já um ano que não se viam? Quase isso, ela disse. Miguel parecia um pouco cansado. Quem não estaria depois de 10h de voo? Disse que estava feliz com o trabalho, mas a adaptação não fora muito fácil. Dias muito frios, a vida um pouco solitária nos primeiros meses, mas agora já estava mais entrosado, havia feito amigos, o lugar onde vivia era agradável. Você ainda viaja com frequência?, ela quis saber. Muito pouco. Essa parte também foi difícil no início. Acho que tinha me acostumado a estar sempre indo de um lugar a outro.

Você está bonita, ele disse de repente. Não era um elogio, só a constatação. E ela sabia. Ainda nela o brilho dos dias esparramados e céu aberto. Mas parece um pouco triste, ele continuou. E isso também não era difícil de notar. Te passou algo?, perguntou com certa preocupação.

Dores de amor, Miguel. Você encontrou alguém… Sim, ela respondeu, num olhar que era belo, mas também melancólico. Então não é tão mal assim, não é? Ela não sabia bem o que dizer a ele. E você? Acho que ainda não estou pronto para grandes combates. Combates? Você sabe que no amor não há luta fácil, Sofia. Não, não há.

Se a dois já era difícil de se viver, soubesse ele que eram três. Ela não tinha a menor ideia do que era viver a três. Mas queria entender, a vontade embrenhada, não em pensamento, mas no coração.

Escrever teria sido tão mais fácil, podiam pensar cuidadosamente nas palavras, não haveria as pausas e silêncios prolongados invocando significados outros, temores, anseios. Mas não, Marco preferira ligar. Tinha isso de ter de ouvir-lhe a voz, e do seu timbre, do ritmo e oscilações distinguir sentimentos submersos. Nisso era um pouco como ela.

Disse que ele e Laura estavam cheios de saudades dela. Queriam vê-la. Precisavam conversar. Que responder? Que as palavras eram doces, eram boas. Que se amolecia, como sempre fazia. Que seu desejo famigerado, destemperado era lançar-se aos braços deles. Que não podia entender como algumas semanas eram tanto tempo. Que sim, precisavam se ver.

Mas não disse nada disso. Não sei, ela balbuciou. E demorou a continuar porque não sabia ser dura, ainda que a voz se empenhasse em ser firme. Talvez a gente precise se distanciar um pouco pra poder ver com clareza.

Marco se calara, como se pensasse. E pensava, pensava. Dar um passo atrás, dois, quem sabe um pouco mais, como diante de um quadro impressionista. Poder capturar de longe o que de perto era quase um borrão ou aparente imperfeição. Mas seria assim? Para ele, ver mesmo, só estando muito perto, tão perto que era como estar dentro, quase como se confundir com aquilo que via. Tentaria amenizar para ela e para si mesmo aquelas palavras, ditas como se viessem de fora dela. Disse brincando, e ela quase podia lhe ver o sorriso. Se estivesse próxima, sabia que as mãos dele a tocariam com suavidade pelo ombro. Somos míopes, Sofia, não veremos nada se nos distanciarmos um pouco mais.

Ela quis rir, mas não pode. Ficou quieta, pensando se era acertada a decisão de nadar contra a corrente. Tanto esforço, mas no fundo, que fazia? Ela queria de volta sua natureza fluida, mas de uma forma ou de outra, era toda resistência.

***

Como será quando as distâncias se encurtarem? Quando já conhecer os caminhos que levam até a cama dela? Quando a rotina dos dias a fizer presente sem que ele espere? Quando já reconhecer os passos dela? Quando puder prever o que diz um olhar? Quando se deparar ouvindo a mesma história mais de uma vez? Quando já souber das pequenas manias e peculiaridades? Também o que ela gosta de comer no café da manhã? Como será?

Rogério queria tomá-la com voracidade, que era como abocanhava o mundo. Os vazios sempre o perturbavam, por isso tratava de ocupá-los, mesmo que aquilo a tomar o espaço não fosse o adequado. Quase nunca era.

No tempo outro, que era o dela, a mesa posta em pequenas porções. Os vãos, que se abriam, e ele em vertigem, até dar com os olhos dela. Aprendia aos poucos palavras que preenchiam lacunas, risos que cabiam numa fresta, frases inteiras que encheriam o dia, gestos ínfimos que podiam causar transbordamentos. O coração vibrava, ardia, erguendo pontes sobre os vazios, como se não houvesse perigo. Mas havia, sempre havia.

Ele só estava descobrindo, enfim, que era se dando que recebia.

***

Marco estava tentando dizer a Laura que as palavras importavam, sim, a Sofia. Que não entendia nela o silêncio, os diálogos escassos, como enclausurada no próprio pensamento. Havia se posto de tal modo que não a reconhecia. Não era muito próprio dela essa melancolia silenciosa. Por outro lado, ele sabia que ela não conseguiria pôr na boca palavras belas por agrado, se não correspondessem ao que de fato podia dar.

Quanto a ele, movia-se inquieto, atendo-se à mecanicidade das coisas, às tarefas por fazer e outras que não pareciam importantes, mas que agora, de algum modo, precisavam tomar o seu tempo. Em meio ao caos, fazer os trajetos conhecidos.

Passariam semanas, um silêncio que podia se estender quase a ponto de Sofia pensar que podia mais, que se desvencilhava. Precisa reconstruir os dias e não sabe o que fazer do tempo. As tardes de domingo dilatadas, as coisas simples desgastadas, a tessitura rala dos afetos, a seiva consumida.

Mas então uma mensagem chega e é como um sacolejar ou a brusquidão de um grito. Um soluço repentino, irrompendo de um resfolegar. O coração em disparada. Tenta abafar, mas palpita e é tanto, que teme que se ouça de fora.

Às vezes dói tanto que seus pensamentos, numa violência desproporcionada, os desfigura, tenta dar a eles outra forma ou sentido. Ou se enrijece, como se pudesse parar a vida. Mas Sofia era toda crepitar. Como desamar amando?

***

Paula sabe que algo precisa ser mudado. Ela e Felipe não podem seguir assim a vida toda. Está certo que o casamento tem seus altos e baixos, mas ultimamente parece que só caminham por vales e depressões. O vento ora os incita a subir, avistar do alto as planícies. Tão efêmero o instante, acachapado no peso das coisas miúdas de baixo.

Será que se mudo algo em mim, mudo todo o resto?, ela reflete, enquanto tenta. Um leve modular na voz, um percurso diferente para chegar até Felipe, novas expressões que tenta incorporar a sua fala. Mas é como pintar as paredes do apartamento, tentando compor outros cenários. A estrutura parece seguir a mesma, inabalável. Talvez tenham que aprender a derrubar paredes.

Enquanto não sabe como começar a fazer isso, pensa nas mudanças triviais. Ela sabe que, abaixo da superfície, isso não muda nada. Mas talvez mude, sem que entenda como. Da mesma forma que o bater de asas de uma borboleta pode influenciar o curso natural das coisas, provocando um furacão do outro lado do mundo. Quem dera, ela só ia pintar o cabelo.

Ele tomou um susto quando ela entrou em casa. Eu achei que você só fosse cortar o cabelo! Nunca tinha te imaginado loira. Eu já, mas ainda não tinha tido a coragem. Você gostou? Não sei. Ele olhava curioso, aproximou-se e tocou os cabelos dela, como se precisasse ver com as mãos. Acho que vou precisar me acostumar.

Eu gostei imensamente, ela disse, virando-se para o espelho para se ver. Mas também vou precisar me acostumar. Vi meu reflexo na vidraça de um prédio quando caminhava de volta pra cá, e pensei que fosse o de outra pessoa. Os dois riram. Depois, com um tom grave na voz, ele perguntou, por que você fez isso?

Quero mudar, ela respondeu de modo espontâneo, enquanto deixava a bolsa no aparador da entrada e abria uma correspondência.

Você quer mudar, ele murmurou, reticente, como se já não falasse com ela, mas preso aos seus diálogos internos. Por que ele tinha que tomar as coisas tão a sério?

Ela queria mudar e ele sabia que não era só o cabelo. Também o sofá da sala. Também ele.

Paula queria mesmo mudar muitas coisas. Podia fazer uma lista enorme. Coisas a mudar em si mesma, nele, neles, no mundo. Mas disso tudo, qual o gesto certo pra mudar o que, de fato, podia e importava?

***

Andavam pelas ruas sem se procurarem, mas esperando o encontro. Sofia devia ter lido algo assim num livro do Cortázar. Achava que com eles também calhava de ser desse jeito. Tantas vezes a surpresa doce do acaso. Era certo que as afinidades, os lugares frequentados em comum, sempre aumentariam as chances de um encontro, mas havia também a misteriosa consonância do tempo. Quantos não perfaziam percurso idêntico, dia após dia, sem nunca se encontrarem? Seria a vontade mútua que os punha em sincronia? Poderia, é claro, dar uma força ao destino, ajudar com um pouco de previsibilidade, fazendo as coisas à mesma hora, seguindo os trajetos usuais. Mas o estranho era fazer tudo muito diferente e, ainda assim, trombar pelos caminhos.

Foi assim que ela os viu, depois de um intervalo de semanas. Quase como um déjà-vu, faísca de pensamento que chegou como uma certeza. Entre as pessoas que entravam e saíam do restaurante, ela soube de algum modo que os veria. Instantes depois, Marco aparecia, mais adiante, Laura. Os seus passos então desorientados, as mãos úmidas, ela toda em descompasso.

Laura, sempre a mais desprendida dos três, viria ao seu encontro. Sofia, numa súbita paralisia, no íntimo, pura palpitação. Não podia dizer que se cumprimentaram com frieza, talvez com resguardo. Percebiam-lhe as reservas, anteparos para sua sustentação. As palavras pendentes no silêncio estendido, os três sem saber como se moverem.

Estou aqui com minha irmã e meu cunhado, Sofia diria por fim, apontando para a mesa ao lado. Você nem nos disse que sua irmã estava de chegada. Uma ponta de ressentimento escapando pela voz de Laura. Já não nos falamos mais todos os dias, Sofia teve vontade de dizer. A intenção retesada, sua dureza sempre esmaecida quando confrontada com os olhos dela. Foi tudo muito repentino, disse no lugar. Meu cunhado foi chamado para um trabalho, então Clara decidiu aproveitar e vir junto para me visitar. Você deve estar bem feliz. Sim, é muito bom ter minha irmã por perto.

Sofia os levaria até a mesa onde estavam, faria as apresentações. Como vocês duas são parecidas, Marco mencionou. Acho que vi na sua casa fotos de vocês pequenas, não me lembrava da semelhança tão grande. Quanto tempo ficarão por aqui?, quis saber Laura. Mais uma semana, depois vamos visitar papai, disse Clara. Quero convencer Sofia a ir com a gente, quem sabe passamos o Natal juntos, faz tanto tempo.

Sofia tentando fazer o vínculo deles parecer banal aos olhos da irmã, como se fosse possível não demonstrar o mínimo de agitação. Dentro pulsava e, sim, suas pernas se enfraqueciam, ou era o ar que de repente lhe faltava? O natural para ela seria juntar todos numa única mesa. Tinha isso de agregar, aproximar as pessoas com aquele seu jeito afetuoso. Eles chegaram a pensar que seria assim, que de súbito, pelo inusitado, poderiam ter aqueles instantes com ela. Mas não, apenas um silêncio incômodo, como se a conversa tivesse chegado ao fim. Por certo ela gostaria de ter um tempo só com a irmã, seria o pensamento a acalentá-los. Neles uma resignação, mas, internamente, um incômodo sentido. Vamos procurar uma mesa, Laura disse, voltando-se para Marco. Ele fez que ia dizer algo, depois se calou. Despediram-se ali.

Era impressão ou os olhos dela... Não, não queria se deter neles. Beijou Laura de leve na face. O cheiro dela trazia recortes de sentimentos dispersos. Marco tentaria detê-la no abraço, a segurá-la mais que o normal. Meu deus, como desprender-se?

Estavam a alguns bons metros de distância, a mesa deles do outro lado do salão. Olhava-os de soslaio, sem saber bem para que disfarçava. Por que querer se fazer impassível se não podia?

Em um momento, seu olhar deu com o dela. Desviara, temerosa do próprio sentir.

Na hora de sair, tomada de coragem, avisou Clara e André que queria dar umas últimas palavras com seus amigos, já os encontraria na saída. Laura viu Sofia se aproximando, seus olhos se enchendo de um brilho súbito.

Vim me despedir, ela disse. Já estamos indo. Laura se levantou, tocando-lhe o braço. Então você vai viajar... É bem possível. Ainda estou dependendo de uma definição no trabalho, mas acho que dará certo. Não queria perder a oportunidade, tanto tempo sem estarmos juntos em família.

Marco quis saber por quantos dias ela estaria ausente, prolongar o diálogo, pegar-lhe a mão, tombar sobre ela o sentimento acumulado dos dias. Não podia esconder dela os olhos tristes. Mas os de Laura? Como traduzir aquele olhar? Emudecida, mas aqueles olhos... a despejar sobre ela o amor revirado em temporal.

Não sabia que vocês costumavam vir aqui, Sofia comentou, tentando desfazer o silêncio que parecia perdurar mais do que suportaria. É a primeira vez, respondeu Laura. Pra mim é a segunda, estive aqui uma semana atrás com uns colegas do trabalho, falou Sofia.

Sim, ela agora se lembrava da frase exata. Deixou o pensamento escapar em voz alta, porque já não podia com tanta contenção. *"Andávamos sem nos procurar, mas sabendo sempre que andávamos para nos encontrar."* Ah, a poesia tentando escapar nas horas erradas, tão tolo alimentar a esperança onde não havia. É do Cortázar, ela disse, porque a olhavam como se esperassem que prosseguisse. Ela ia continuar, dizer qualquer coisa sobre o livro de onde saíra aquilo, tentar esgueirar-se por onde dava. Mas não fez nada disso. Laura não lhe daria tempo, encarando-a e dizendo, daquele seu jeito linear, transparente como eram os olhos dela. Eu queria muito mesmo te encontrar.

Desde seu afastamento, era a primeira vez que Laura falava com ela assim, as palavras inteiras ali, sem fragmentos, sem dúvidas, sem sutilezas que levassem Sofia por caminhos diferentes.

Chegara a pensar que tinha os pés firmes sobre o chão, já avistando a paisagem e seus contornos. A fala dela vinha como onda tardia, espuma que fica cintilando na água. Junto, o rebentar. Um vagalhão, dois, no ir e vir, volta ao fundo. A contradição de querer agarrar-se a ela, beijá-la ou se evadir. A vontade de se amuar nos braços dele ou, como folha caída, ser levada pelo vento. Depois do encontro, ficara nela o mar revirado, a fome, os vazios todos.

Eu não sou a melhor das observadoras, Sofia, você sempre me superou nisso. Sofia riu, porque lhe vinham à memória recordações da infância das duas. Ela era a mais nova, mas a que com frequência percebia os novos ares que se instalavam. O pai não precisava dizer muito, só de observá-lo sabia traduzir seu humor, se era o momento certo de fazer um pedido, se uma brincadeira era bem-vinda. Era ela a cutucar a irmã por debaixo da mesa, como a dizer, fique quieta, não diga isso agora, não percebe que papai está preocupado com outras coisas? Ah, deus, Clara não percebia nem metade.

Mas Clara parecia agora um pouco preocupada, inquieta para prosseguir em sua fala. Como eu disse, observar não é meu forte, mas... eu não posso deixar de perguntar, porque havia algo de incômodo hoje no almoço quando você encontrou seus amigos e acho que isso até eu posso notar. Agora era Sofia que pousava os olhos sérios sobre ela.

Ela demorou um pouco a falar, parecia não muito confidente dos próprios instintos, mas devia arriscar, porque Sofia, resguardada, parecia não ter intenção de ir adiante. É por ele que você está apaixonada? Ela parece ser muito amiga sua. É por isso que não pode dar certo?

Ah, Clara você não é má observadora. Só precisa ver mais. Sim, eu estou apaixonada por ele. Mas também por ela.

***

Havia uma festa para ir, os filhos que chegariam, os preparativos e as pendências do final de ano. Laura rompendo a imobilidade, fazendo-se forte. Ele apoiando-se nela para reerguer-se. Marina e Renato tomariam o tempo por entre o vendaval, trazendo notícias e a desordem natural que se instituía. Malas que se abrem, pratos e copos deixados sobre a pia, vozes tumultuadas querendo tomar seu espaço na conversa.

Você já decidiu com que vestido vai?, a filha perguntaria a Laura. Ainda não. Você me ajuda? Estou em dúvida entre aquele verde e o outro, cinza-escuro. Deixa eu ver. Foram até o quarto. Na mesinha de cabeceira, as coisas num desarranjo próprio. Um caderno entreaberto, um bilhetinho de Sofia que Laura deixara à vista, porque quisera vê-lo, revê-lo, e com que agora se deparava com o canto dos olhos. Os vestidos estavam sobre a cama e ela poderia chegar desapercebidamente, arrumar o monte de livros, o caderno, meter o bilhete dentro dele. Mas não. Tudo ficaria como estava e talvez Marina não se desse conta de nada. Seria só ela a sentir a presença de Sofia ali, que escapava em miudezas quase imperceptíveis.

Acho que esse cinza combina mais com a ocasião. E papai? Ah, acho que ele prefere o verde, não é? Laura meneou a cabeça. Eu sabia. Ele adora quando você usa verde, diz que seus olhos se ressaltam. Mas acho que o cinza ficará melhor.

Também acho, ela disse, já resoluta. Pensando que o cinza certamente tinha mais a ver com a nebulosidade dos seus dias.

Acho que fomos longe demais, Laura. Ela ouvia, pensando que tinha dito isso a si mesma tempos atrás. E o que isso significa?, ela quis saber. Paramos ou devemos seguir adiante, agora que já fomos?

Ele não conseguiria deixar Sofia ir. Devia ser simples assim. Mas havia uma pedra logo ali, outra mais adiante. Precisava das coisas exatas, acostumado com os caminhos que sabia aonde o levariam. Pensava na mocinha de pés inquietos que um dia Laura fora, olhos faiscantes a agarrar sua mão. Vamos? Ele ia, temeroso, mas fisgado pelo fogo. Lembrava de quantas vezes ela o tinha convencido a seguir caminhando errante por ruas de alguma cidadezinha antiga, numa daquelas tantas viagens que eles tinham feito juntos. Não seria melhor darem uma espiada antes no mapa?, ele sempre tentava dizer. Um mapa? Mas a alegria está justamente em não saber, ela então argumentava.

SEXTA PARTE:
UM

***

Sofia gostava de dicionários. Tinha vários na prateleira do seu escritório, um Houaiss, um Aurélio de bolso, outro de sinônimos e também um analógico, a que recorria nas suas brincadeiras e explorações com a língua: palavras-cruzadas, poemas ou leituras mais lentas, depuradas. Sua irmã não entendia como ela podia se maravilhar tanto com as palavras. O pai lera muito para as duas quando pequenas, era de se pensar que pelo estímulo precoce teriam o mesmo fascínio, mas Clara jamais trocaria um livro por uma brincadeira na rua. Sofia considerava, a brincadeira tinha que ser muito boa. Ela não entendia os amigos não gostarem de ir à biblioteca na escola, lugar para ela meio sagrado. O falar baixinho, como nas igrejas.

Na adolescência vieram os diários, cadernos, guardanapos que se enchiam de palavras. Pensamentos, ideias, vislumbres que vinham às vezes como jorro incontido, que se desprendiam dela sem saber de onde.

Nem bem terminada a faculdade, um descuido e a descoberta de que ia ser mãe. Planos adiados, a vida se reconstruindo, tomando novas formas e caminhos. Os livros sempre com ela, mas os cadernos, silenciados, trocados por fraldas, mamadeiras e todo o resto que acompanhava a vida em família. Depois, era preciso ganhar algum dinheiro, fazer-se por fim independente, e, seguindo as oportunidades que se abrem, os cadernos ficariam vazios por mais algum tempo. Ela não se ressentia das suas escolhas. Cada coisa a seu tempo. Seus afetos se recobriam de um colorido novo, buscava referências para ser mãe porque lembrava pouco da sua, e o materno para ela era construído por várias facetas, cada um da família que se desdobrava, pedacinhos que se juntavam para formar um todo que ela podia chamar de mãe.

E agora, vivida a vida que agarrara para si, borbulhando, sentia que queria parir de novo palavras. O dicionário pousado sobre a mesa, ferramenta de quem tenta lhes extrair o sumo. Cada uma delas resguardando seus próprios mistérios. Escava-se e, lá no fundo, pedras que reluzem.

Gostava de vagar o olhar por seu velho dicionário. Lembrava-se de uma antiga brincadeira, dos tempos de menina. Uma das crianças escolhia palavra ao acaso no dicionário. Não tanto ao acaso, tinha de ser difícil, algo que a maioria não conhecesse o sentido. Dita a palavra, cada um tinha que imaginar o que era e escrever, como num verbete. Tão divertido lembrar aonde a imaginação levava, como o som podia trazer uma forma, impor peso ou intenção.

Percorreu os olhos no dicionário. Ela sabia por que tinha chegado naquela palavra. "Um". Talvez para extrair significados que abrandassem o peso de estar só e saber que seguia ímpar igual, mas eles ainda eram dois.

Um. Se dava conta de quanta contradição numa palavra tão pequena. Que podia ser como ela, a se sentir solitária, miúda, sem par, mas carregando em si o sentido de unidade, inteireza. Aquilo que ela era no amor.

***

Marco entrou em casa e sentiu o cheiro de capim-cidreira vindo da cozinha. Ela estaria ali? Um quase palpitar, fecharia a porta às pressas, a pasta deixada sobre a mesa. A casa em silêncio, algumas luzes acesas. Deu com Laura deparada sobre uma pilha de provas, a mesa da cozinha como uma extensão do escritório dela, uma xícara de chá fumegante ao lado.

Tentou disfarçar a entrada abrupta. Beijou-a, tocou seus ombros, acariciando-a. Muito trabalho? Ela tirou os óculos, soltou a caneta das mãos, beijou-o novamente. Ele se sentou ao lado dela, empurrando para o canto os papéis que se avolumavam. A xícara ainda cheia, a cidreira pervasiva entre eles. Ele pensava que Sofia havia lhe embutido o hábito, porque antes as moitas se faziam fartas no quintal e, instalada ali, era ela quem as cortava, preenchendo a noite com o perfume selvagem e doce do capim, imerso na água em ebulição.

Estou cansada, Laura disse, massageando as têmporas. Faltam algumas mais para corrigir, quero terminar ainda hoje. Você quer chá? Ela sabia que ele raramente tomava, gostava era do cheiro que ia para além da cozinha, subindo as escadas. Ficaram alguns instantes calados, ela envolvendo a xícara nas mãos e dando os primeiros goles, enquanto sorviam a presença de Sofia que construíam ali em pura reminiscência.

***

As palavras, eles iam aprendendo, podiam ser como armas, granadas, lâminas cortantes. Desencadeavam desastres.

O problema era a expectativa. Dele e dela. Pior ainda era não saber, realmente, o que Felipe esperava dela. Tentar se desdobrar na busca de um sorriso nos olhos dele. E falhar. Falhar de novo.

A sua indignação no baque seco da porta do quarto batendo, quando já não podia tirar mais de sua própria voz. Talvez, em vez de entrar no quarto, na sensação momentânea de se fechar a uma realidade indesejada, numa outra dimensão espaço-tempo, seria a porta da frente que ela teria cruzado, numa decisão incontornável.

Ou, em outra ainda, ela não teria batido porta alguma, resignada. Presos naquele regurgitar eterno. Estariam velhos e cansados. Talvez, nem isso. Ausentes.

Mas então, naquela dimensão, naquele instante presente, que era o que de fato tinha, ela abriu a porta, voltando para a sala em passos decididos. Vamos conversar, ela propôs. Eu não quero conversar agora. Se não agora, então quando? Ele sem dizer nada, ela sabendo que ele não ia responder, eles quase já aceitando que não adiantaria muito conversar. Quantas vezes conversaram antes, enveredando-se pelos mesmos caminhos, justificativas, desculpas. Será que se ouviam, de verdade? Ou cada um se punha a falar, empunhando seu próprio monólogo?

Eu quero terminar, ela soltou. Felipe se erguera de súbito. Ela tinha falado aquilo mesmo? A bomba eclodindo, uma frase apenas a lançar pelos ares a sujeira. A poeira agora toda espalhada, as chamas. Sobraria algo? Ele, defensivo, na espera de outros disparos. Seu peito em arritmia, os olhos saltados sobre ela.

Mas Paula vinha em paz. Não tinha terminado de falar e ele na sua precipitação de achar que já tinha entendido tudo. Fê, será que não dá pra gente terminar isso? Então começar juntos outra história?

Colapsam. Os corpos, feridos, aproximam-se. Ele a abraça, preferindo que ela não visse suas lágrimas.

***

Laura começou a conversa como se fosse algo corriqueiro, como se não fizessem dias que não se falavam, como se não estivessem há tempos sem se ver, como se não houvesse nada de importante a ser dito.

Queria saber como estava a viagem. Que lhe contasse algo. Se andava escrevendo. Está fazendo dias muito quentes por aqui, aí também? Está se protegendo do sol? Cuidados que ela tinha às vezes, quase maternais. Sofia tentando dizer pouco, não se distrair nas trivialidades, manter distante o longe.

Quando você volta, Sofia? Agora não era o tom descontraído do início, a pergunta imprimia uma gravidade, que Sofia tardou a perceber. Voltaria depois da passagem do ano, retornaria ao trabalho em seguida. Só depois de responder, ela percebeu que Laura falava de outros regressos. A conversa atravessava a superfície rugosa das aparências.

É bom que tenha dado certo de você estar com seu pai e sua irmã juntos, ela continuou. É importante essa convivência, frisou. Sofia concordou. Era bom estar em família. Fez uma pausa longa em seguida, como se tomasse fôlego. Acho que estava buscando isso no lugar errado, não, Laura? Era ela agora quem penetrava o lado intocado das conversas. Difícil falar assim sem o olho no olho. Nunca sabia interpretar bem todos aqueles silêncios. Mas então simplesmente disse, como se já não pudesse mais com tanta resistência, como se aceitasse que as coisas não deveriam ser mesmo como esperava.

Não, você não estava. E Laura parecia tão enfática ao discordar, tomando Sofia num revés, no rebentar de sentimentos resguardados. Couraça entrepartida, tentando ainda fazer-se deserto, mas sendo água, água. As palavras firmes, encampando-a, apertando-a, tal qual um abraço. Como não transbordar?

Renato e Marina estiveram alguns dias aqui com a gente, ela disse. Laura parecia de repente se desviar. Mas estava falando sobre família, não era? Como eles estão?, perguntou Sofia, como se a pergunta fosse uma brecha. Recompor-se, pois esmaecia.

Laura não respondeu. Não era aí que queria chegar. A frase anterior, entregue como as frases soltas e despreocupadas da conversa de início, era só para dizer o que vinha depois. Nós falamos com eles. Sofia parecia não entender. Vocês falaram com eles?

Sobre você, Sofia. Sobre você.

Ela estava certa de que aquilo seria difícil. Uma perturbação que não coincidia com as novas de um amor. Não sabia como recontar, Sofia é que era apurada em suas narrativas, repletas de detalhes.

Agora restavam frases soltas, a imagem de Renato e Marina diante deles, os olhares perplexos. A incompreensão, o julgamento. Sim, ela já estava preparada para isso. Eles permaneceriam atônitos, estarrecidos. Como não estariam, se mesmo ela e Marco não entendiam bem a reviravolta que de repente se dava na própria história?

Marina, tão incontida, despejara com dureza sua desaprovação, não entendia por que lhe cabia saber da intimidade deles, porque lhe contavam tudo aquilo. Renato a parecer incrédulo. Nenhum dos dois poderia realmente entender.

Por entre o silêncio, a estupefação, o contrassenso, para fora do tempo, do cansaço, das noites maldormidas, o seu coração pulsando. Como traduzir para Sofia a intensidade daquelas horas, da sua ausência que se fizera doída, e agora era toda anseio de vê-la, de tê-la em seus braços?

***

Ele já tinha sido um sujeito mais alegre. Não era a primeira vez que Felipe ouvia isso nos últimos meses. Como se precisassem lhe dizer para que se desse conta, como se não fosse algo que viesse de dentro. Tomado pelo torpor, se fazia preso às mesmas justificativas, sem encontrar rotas de fuga.

Quando garoto, sentira igual. Tinha seus nove, dez anos. As noites tão escuras. Para dormir, deixava o abajur do quarto aceso, como se a luz de fora pudesse clarear dentro. O pai vinha dizer que ele já era um menino bem grandinho para dormir com as luzes acesas.

Aconteceu depois daquele passeio com o avô, homem sério e até meio ranzinza, mas que perto dele voltava a ser criança. O vô que gostava de contar histórias e o levava junto em suas andanças pela vizinhança. Andavam de mãos dadas. O sol quente, o velho ofegante, vermelho, tirara um lenço do bolso da camisa para enxugar a testa. Felipe se soltara dele para pegar do chão um objeto luminoso que chamara sua atenção. A mão desprendida, segundos de distração e o avô estatelado no chão. Gritara, veio gente ajudar. Mas já não dava mais tempo. Problema no coração, depois explicaram. Também ele não deveria de ter?, pensava assustado, porque doía, doía.

Tanto tempo para se dar conta. A ausência trazendo uma nebulosidade cerrada. O luto resguardado, porque já era um menino grande para chorar. Um dia, ele não lembra como, o vento levou as nuvens para longe. Iluminaria de volta o seu riso e o menino no homem que se faria.

Ele sempre esperava pela brisa, como também fazia quando criança. Talvez por esperar, por começar a acreditar que podia de novo se encontrar, algo se mexeu nele. Naquele dia, uma sensação estranha o tomara, porque seus pés de repente se moviam como se houvesse uma pressa por dentro. Olhou nos olhos dela, aqueles mesmos olhos amendoados. Seu riso, como mil sóis que pareciam arder dela. Não, não vinha de fora. Era dele. Algo que flamejava dentro.

Acordara há pouco e tinha fome. Não entendia ainda aquela fome. Quantas coisas não entendia. Os sentimentos, tão mal dosados dentro dele, tinham dado de topar pelos cantos, transbordar pelas bordas, arrastar pensamentos inteiros, arder como incêndio incontido. Os fatos, as coisas atravessando seus olhos, as palavras dela fazendo sentido agora, a fome. Como era bom ter essa fome.

Estava sentado junto dela à mesa da cozinha, e ela como quem pressentia algo. Não disse nada, mas o olhava assim como se pudesse vê-lo todo, transparente que se fazia. No seu arfar, estava tão vivo que não precisava se explicar.

Saíra do mar com as mãos vazias, mas vinha repleto de tesouros.

***

As despedidas sempre difíceis. Sofia deixou Clara e o pai com o coração apertado, mas agora também tinha a urgência de quem volta. Do longe que não chegou nunca à despedida, pendente, incerto. E que hoje só quer ser perto.

Te busco no aeroporto?, ele tinha perguntado. Chegarei pela madrugada, ela disse. Horário ruim o desse voo. Pela manhã estarei com vocês. Ela mal tinha dormido. A noite tão longa, arrastada, e ela, como criança em véspera de viagem, se revirando, ansiando. As horas mais demoradas, conforme o tempo encurta.

A campainha tocou. Marco veio da cozinha, passadas rápidas, enquanto Laura se adiantava para a porta. A chave girando nos dedos dela, a porta aberta, os passos firmes atravessando o jardim para o portão de entrada.

Ela estava de volta. A pele alva, corada pelo sol, o sorriso sem bordas. Chegaram juntos até ela, Marco tocou seu rosto, as mãos examinando os contornos. Beijou-a devagar. Laura jogou seu cabelo para o lado, os dedos sobre sua nuca. Saudade de olhar pra essa tatuagem, ela disse. Você ficou longe uma eternidade.

Sofia no abraço dos dois. Se desfazendo, crescendo, se esparramando. Sim, uma eternidade.

Ele tomou a mão dela, puxando-a para dentro. Um pouco como voltar pra casa, ela sentia. A luz de fora penetrando por uma das janelas da sala, o cheiro do café que ela disse estar coando, a rede pendulando na varanda, onde se deixara ficar tantas vezes com o corpo agarrado ao dele, o canto do sofá em que deitara a cabeça sobre as pernas dela. Podia ainda sentir as carícias em seus cabelos.

Entra na casa reconhecendo cheiros antigos. Tudo a parecer mais luminoso. Reconhece vestígios seus, deixados na precipitação da sua partida. A paisagem que é sempre igual não se percebe, ela pensa. Mas não. Os objetos esquecidos envoltos em um cuidado silencioso. Na mesinha da sala, um livro de poesia, que andava lendo e relendo, naqueles últimos dias ali com eles. Podiam tê-lo colocado juntos aos volumes amontoados ao lado, mas ocupava seu próprio espaço. Talvez, para eles, lembrete de uma presença.

Dos olhos dele, todas as palavras que Sofia entendia em silêncio. Ainda assim ele as diria, porque era importante dizê-las. E de soltá-las como eram, puras, diante de sua face límpida, os olhos dele se encheriam como os dela.

Sofia estava de volta e Laura ainda sem acreditar. Era bom encontrar aqueles olhos doces e imensos, a caber tanto. Ser tomada pelo sorriso, respirar as palavras dela e dizer-lhe coisas muito suas, que sempre ardiam, mas que guardava com cuidado.

Tanto o que falar, mas a falta do corpo, maior. Laura interromperia sua fala, as mãos pousando suaves em sua boca, depois os lábios. Temores atirados como as peças de roupa sobre o chão.

Os corpos se entregando com vagar. Adorava como Marco a abraçava, aninhando-a, amando-a igual. Sentir-se dentro dela pelos olhos dele. Render-se ao gozo pelos lábios dela. Dar-se pela metade, inteira, múltipla.

***

Quando seu pai se casou novamente, Carla se pôs relutante de início. Demoraria a admitir que gostava de Raquel, tão diferente da mãe, mas também a querer-lhe bem, paciente, a afagá-la com cuidado, como se faz a um felino arisco.

De ver o pai envolto em alegria, passara a desejar que a mãe também tivesse a sorte de um novo amor. Pensava que ela se agarraria a um sujeito divertido como Douglas, um tipo romântico, que de vez em quando a presenteava com flores e gostava de cozinhar como ela. Depois, viera Miguel, extrovertido, bem-humorado, tocando Sofia de um jeito que ela não entendia bem. Carla baixava sobre a mãe um olhar cheio de minúcias a medir por seu temperamento a intensidade de suas paixões. Não compreendia muito dos encontros e desencontros amorosos. A mãe dizia que a paixão era algo raro e incidental.

Tinha voltado naquele dia das férias com o pai. Entrou em casa e a mãe, atenta aos ruídos, já se precipitara na sala para abraçá-la e ajudá-la com as malas. Tinham falado algumas vezes por telefone, mas só agora, diante dela, percebia-lhe na fala a efervescência. Quisera saber detalhes sem fim da viagem, contara também da sua. Uma pena que não tivesse estado dessa vez com os tios e o avô. Carla perguntara sobre eles, queria saber mais, mas logo se exauria. A viagem tinha sido longa, queria tomar um banho, terminar de desfazer as malas, também tinha fome. Sofia disse que prepararia o jantar e depois podiam continuar a conversa. A verdade é que ela parecia afoita, como se quisesse lhe contar algo, mas esperando o momento certo.

Quinze dias fora e estava com saudade da comida da mãe. Você devia comer mais devagar, Carla, não vai te fazer bem. A menina fingia que considerava o conselho. Fazia pequenas pausas, mas logo se entregava novamente às garfadas vorazes. Carla notava o silêncio mais estirado que o normal. Precisamos conversar, Sofia disse. Já não estamos?, argumentou, como a querer se mostrar indiferente, ainda que notasse um fio de tensão, a testa franzida da mãe, o olhar oscilante.

Da primeira palavra, o fio d'água se avolumando para virar enxurrada. Carla já sabia dos seus transbordamentos. Como organizar uma frase na outra, quando as coisas eram assim intensas? Ela esperava muros e atravancamentos, mas a filha só ouvira, para depois perguntar como se já fosse algo corrente, questão de semântica simplesmente.

Então vocês são um trisal, é isso? Sofia riu, nunca tinha ouvido essa palavra. Eu vi na internet no outro dia, a filha falou. Deus, se acha tudo na internet hoje em dia! Estranho ela mesma não ter buscado uma palavra, inventada que fosse. Dar um nome era dizer que algo existia.

No dia seguinte os encontrara para falar da conversa com Carla. Marco contara que num livro do Asimov, em um planeta distante, as famílias eram constituídas não por casais, mas por tríades. É sério isso? Laura perguntou. Sim, eu tenho esse livro, está em algum lugar por aqui. Somos então de outro planeta? Sofia brincou.

Laura comentou que o sagrado se fazia repleto de tríades, mas entre os humanos, unir-se aos pares parecia menos complexo. Cada um em busca da sua metade, como no discurso de Aristófanes, no *Banquete*. No caso deles havia algo deturpado, não? Marco olhou para elas, completando. Ou talvez de muito sagrado.

***

Felipe e Paula se moviam sobre trilhos invisíveis. O mesmo percurso repetido vezes e mais vezes. A percepção disso tinha chegado a ela como um clarão súbito, a revelação interligando tantos incidentes, cacos e tropeços, expondo a tapeçaria toda com seus retalhos costurados. Paula chegara a pensar que, por se darem conta de coisas assim, podiam escolher novas rotas, mas agiam como moto-contínuo. Um dia, criança ainda, ela vira na biblioteca da escola um livro com imagens daquelas máquinas hipotéticas com seus movimentos perpétuos. Mas eram eles, reais e feitos de carne, a moverem-se no compasso de suas engrenagens.

Às vezes a seduzia a ideia de que Felipe em sua vida tinha sido algo do destino, que estavam de algum modo fadados àquele encontro. Estranho isso nela, que afirmava não acreditar em destino e se julgava responsável por seu caminho. Mas aí se via a refletir que havia essas forças a empurrá-los sempre na mesma direção, e que talvez isso fosse o que mais se aproximasse daquela ideia de um futuro predestinado. Poderia mudar o passo? É isso que chamam de livre arbítrio, não é? Ela ainda acreditava que podia ser dona das suas escolhas.

Não se pode mudar o passo quando o que se olha é aquele já dado. Depois de incorrer uma vez mais no erro, Paula recaía em urgências. Por que tinha falado daquele jeito com Felipe? Por que não se contivera um segundo antes da fala vir à boca? Por que não dissera algo diferente? Por que ele também não poderia responder de outro modo? Então era isso, o destino os havia atado num amor que desvanecia de cansaço diante da repetição do mesmo espetáculo?

Mas então, entre o exaspero e a resistência, um silêncio que parecia um pouco com o que Gabriela falara, fazendo-a sentir-se não máquina, mas ser pulsante. As xícaras de café ainda cheias, os dois sentados um diante do outro. Um tempo que era como outro tempo, que se arrasta, que se alarga, como um filme que transcorre em câmera lenta. A percepção sutil das coisas, o alento, a pausa. O instante em que se está ali. Simplesmente se está. E por estar ali, e não em outro lugar, pode escolher o passo.

***

O que foi? Você não imaginou que ela estaria aqui? Não. Acho que foi uma bobagem ter vindo. Não foi uma bobagem, Marina. Eu estou feliz de você estar aqui, ela disse, procurando pelos olhos da filha. Queria que você estivesse aqui nesses dias em que Sofia também está. Gostaria que você a conhecesse melhor. Ela também quer te conhecer. Marina não sabia se podia dizer o mesmo. Tão estranho aquilo.

Estavam sentadas na varanda, conversando. Sofia veio trazer uma limonada que tinha feito, puxou uma cadeira junto delas. Laura a havia prevenido que Marina talvez se pusesse arredia, era firme em suas posições. De quem será que puxou isso?, comentou, irônica. Antes de se colocar entre as duas, deixara mãe e filha a sós. Que tivessem um tempo entre elas. Aproximara-se depois, devagar, quase silenciosa, sem se interpor à conversa.

A princípio, nada parecia diferente das vezes em que estivera ali entre amigos e familiares deles. Até Laura pegar-lhe a mão. Sofia, um tanto quanto surpresa, desacostumada com uma liberdade que ainda não sabia bem como usar. O gesto medido. Laura sabia que Marina as observava, não de um modo natural, mas como se buscasse algo nos detalhes. O que buscava? Talvez fosse difícil se convencer afinal de que Sofia não era só uma amiga da mãe, de passagem por ali.

Marco descia as escadas, escutou seus passos se aproximando. Veio cumprimentar a filha, abraçou-a e beijou-a na testa. Queixou-se em tom de brincadeira de não ter nenhum copo de suco ali para ele. Por que só elas tinham o privilégio? Sofia se ofereceu para buscar, mas ele a deteve, de pé, por detrás da cadeira dela, tocando seus ombros. Disse que depois iria até a cozinha. As mãos quentes lhe roçando a pele, acariciando-a, a de Laura ainda junto a dela, como se dissessem, está bem assim, Sofia.

A visibilidade pode trazer aceitação, os olhos aos poucos se acostumam com aquilo que veem. Mas o diferente também é farpa pontiaguda, rasgando tramas antigas, pequenas mortes que nem todos estão prontos a aceitar. Antes as coisas vinham da sua cabeça, queria imaginar o que viam os outros. Agora se faziam concretas, na transparência de um olhar, de um gesto, de falas atravessadas. Não podia exigir dos outros rendição às antigas ideias. Sempre temos medo da morte, não é?

Então, entendia os ares ríspidos de Marina. Entendia que ela estivesse ali, sendo educada como poderia ser, mas sem a calorosidade de que esperariam. Seus olhos se habituariam com o tempo? Ela não saberia dizer.

Sofia não sabia muitas coisas. A intimidade traria à tona algumas delas. Se surpreendia no deleite de cada descoberta. Não as grandes revelações, mas as singelas, os rituais cotidianos, as preferências à mesa, os ânimos e disposições, as peculiaridades visíveis para quem vê de perto. Ficariam nítidas também as imperfeições. Às vezes, lhe assustavam as dissonâncias, as discussões. Encolhia-se diante da fala mordaz de Laura, murchava nas tentativas frustradas de reaver o bom humor em Marco. Em algumas ocasiões revolvia-se, inquietava-se, extravasava-se num discurso exasperado. Em outras, apenas observava, achando que sabia tão pouco do amor.

Terminou? Laura perguntou a Sofia, vendo o livro fechado apoiado sobre suas pernas. Ela quieta, um ar pensativo. Hã? Desculpe, estava voando longe... Percebi. Você acabou o livro? Sim. Gostou? Está com uma cara estranha. Gostei, sim. Uma história linda, mas um final tão triste... As grandes histórias de amor têm que ter sempre finais assim tristes?

Ela parecia melancólica e Laura sabia que não era só o livro. Tem as histórias que terminam com “foram felizes para sempre”, ela disse sorrindo, um tanto irônica. Mas nós duas sabemos que essas são contos de fadas, não é?, continuou, pondo-se séria. Devo então me conformar com um final trágico?

Você não devia pensar nos finais. No amor todo dia se começa, Sofia.

***

Hoje não iria vê-lo, Rogério chegaria tarde de um curso e ela tinha coisas demais em que pensar. Decisões nada triviais a serem tomadas, sobre as quais precisaria conversar com ele. Passara no mercado e atravessava a rua, sustentando as sacolas de compras. De longe podia ver a quaresmeira rosa, o cinza da paisagem apinhada de prédios atravessado em cor.

O amor era a árvore florida da esquina. Tão frágil. O alvoroço de dentro vinha como um vento repentino, e então o chão se recobria de flores.

Gabriela se dava conta de que, mesmo com tantas coisas na cabeça, tinha visto a árvore. As coisas não lhe passavam desapercebidas. O amor, tampouco. Ela tinha escolhas a fazer e pensava nas flores sobre a calçada. Mesmo no chão, que bonito de se ver.

Sente que é preciso deixar velhas amarras, viver o dia, o prazer das coisas efêmeras e só. Aceitar que as manhãs não são sempre as mesmas, que seu corpo dói e, em outros dias, regojiza. Que suas cicatrizes estão ali para lembrá-la do passado, não para vivê-lo de novo.

Caminha mesmo sem estar certa dos seus passos. Quando é que se está? Quer ir, sabendo que a cada instante está. Cansada, triste, alegre, em dúvida, com raiva, satisfeita. Está. Agora é um instante. Depois, já é outro. Difícil entender aquilo que se está e aquilo que se é.

Entra em casa, tira os sapatos, deixa as sacolas sobre a pia da cozinha. Da janela pode ver um filete de céu alaranjado. Se despede do dia como quem se despede de outras coisas mais. Sabe que escolher é perder algo.

Ali, em silêncio, tenta reduzir os ecos que lhe apontam um caminho para então fazer um novo.

Rogério se lançou às águas sem saber se dava pé. Era o seu jeito. Não, não com o amor. Tinha de ter sempre a aparente sensação de controle. Mas agora era assim, indo tão fundo, que nem sabia que podia.

Ela tinha lhe falado de amores que ele não entendia, a intensidade tão dela que ele às vezes se ria, porque não via colorido tão vívido. As veias salientes na sua face, as mãos que se articulavam como se fossem elas a falar, o coração derramado como um poema que escapa pelos olhos. Ela estava ali, diante dele. Havia gente ao redor. Seus olhos tão serenos quanto podiam estar. Um pouco ofegante, como quase sempre costumava estar. Não havia tentado emendar palavras apressadas, na sua ânsia de falar. Ficara num silêncio solto, recoberto de alegria ligeira, entregue ao cansaço, aos olhos dele.

Haviam corrido duas voltas, como normalmente faziam. Ritmadas, tranquilas. Não três. Que era aquilo nele? Um palpitar agudo de dentro. As coisas não estavam fora do lugar. O céu seguia com o mesmo azul pálido das manhãs encobertas.

Tenho uma coisa que preciso te contar, ela disse. Eu soube ontem à tarde, mas queria te falar quando a gente se encontrasse. Você se lembra de quando mencionei a possibilidade de uma proposta pra trabalhar fora daqui? Sim, era algo meio improvável, não? Sim, era, sim. Mas eu acabei de recebê-la.

Ela não continuou. Como se pensasse, como se esperasse, como se… Que inferno. Como não podia saber o que passava na cabeça dela? Como não podia ler os olhos dela? Eram os mesmos, não incandesciam brilho furtivo, não hesitavam. Olhavam-no bem de perto. Ainda nele o pulsar. Agora mais. O que atravessava os olhos quiescentes de Gabriela? Por que achar que haveria de ser por ele que se encheriam de intensidade? Que reação emitir naqueles centésimos de segundos em que os olhos dela apenas sustentavam-lhe o olhar?

Seria normal dizer que estava contente por ela. Que era uma oportunidade e tanto. Que a vida às vezes dá cada volta. Que era preciso desapego para os grandes saltos. Seria algo muito diferente disso o que ela esperava ouvir?

As pernas dela estiradas sobre a grama, Gabriela impassível, como um quadro. O tempo paralisado naquele instante. Nenhum traço, nenhuma pista. As mãos dela pousadas, a expressão do rosto em repouso, a respiração imperceptível. Quase uma natureza morta.

Ela estava era muito viva. Mas quieta. Um silêncio que continha todos os caminhos e possibilidades. Era nele o tremular. Temia que transparecesse aquilo que estava dentro, mas por que não se derramar, como ela mostrara que era possível fazer?

Iluminar os olhos dela e não esperar que a nuvem destapasse o sol. Luz que ele tentava trazer à tona em palavras, sem saber como dizê-las. Talvez se contentasse em dizer o que seria normal.

Colocaria-se indiferente, os sentimentos não formulados, solapados numa fala previsível e segura. Sim, se aproximaria da margem, porque fundo assim não sabia se podia ir. Mas já não estava indo?

Então aquela coisa se retorcendo nele. Esboça um movimento e pensa que, mesmo parecendo incoerente, talvez só devesse tocá-la. Queria devorá-la com os olhos, apertá-la em seus braços, sentir todos os seus cheiros. Revelar aquilo que não se dissipava com o desejo. Talvez, do seu gesto impetuoso, viria depois a fala. Mas também se detém, pensando o que fazia se entregando. Que Gabriela já não se resguardava e talvez fosse assim porque, para ela, as águas seriam rasas. E se fossem mesmo, eles, como bons amigos que ainda eram, respeitariam os rumos do destino. Ele a deixaria ir, ela aceitaria a natureza impermanente das coisas, reafirmando os julgamentos que fazia sobre ele.

Dava-se conta de que aquele ínfimo segundo repercutiria nele anos adiante. Que se enrijeceria, porque não era de fazer-se frágil e lamentoso. Que não admitiria, mas se ressentiria. Para grandes saltos era preciso se desprender. E o que era isso que não se desprendia dele? Couraça apertada, que dentro retesava a carne. Sim, naqueles segundos podia quase ver os seus cabelos grisalhos. Chegaria a tê-los? Ou já os teria perdido antes disso? A fala, de engasgada, não daria espaço para a ternura. Seria um daqueles homens fortes, compactos, o amor só expresso pelas frestas.

Ela fez que ia dizer algo. Aquilo quase lhe deu um alívio, como se pudesse lhe poupar a ação. Mas como se ausentar se aquilo rasgava? Ela não falou nada. Ainda o esperava. Ainda o olhava. Era a vez dele. Não havia nuvem, não havia dúvida, até o vento parecia ter cessado. Então ele disse. O que nós vamos fazer sobre isso, Gabriela?

De repente tinha falado. Escapulira dele, recolhida dos cantos onde a metia porque ainda não sabia viver com tanto. Palavra, que só de ser pensada, trazia algo que seu corpo traduzia como calor, vibração, expansão. Assim, meio na terra, meio no ar, porque parecia então se lançar a caminhos não desbravados, ele a desemprenhava. Palavra tão pequena, mas que era ela, era ele, tão maior do que se considerava. Nós.

Esse livro irrompe de perguntas. Fluindo entre o pensar e o pulsar.

Amor: palavra-amuleto. Também mistério.

De onde nasce, como dura, o que move sua busca, o que lhe dá sustentação?

É preciso lançar-se ao rio. Molho os pés e me entrego à torrente.

Este livro foi composto na tipologia Garamond Tree 11,5/16
impresso em Papel Pólen 90g/m2 em maio de 2023
para a editora Patuá.